Alice Berend

Das verbrannte Bett

Verone

Alice Berend

Das verbrannte Bett

1st Edition | ISBN: 978-9-92500-110-1

Place of Publication: Nikosia, Cyprus

TP Verone Publishing House Ltd.

Alice Berend

Das verbrannte Bett

Josef Blümel, der Herr Kanzleioffizial, wäre Wiener gewesen, gleichviel ob er in Paris, London oder Berlin auf die Welt gekommen, ob er auf Haiti, Sumatra hätte leben müssen, auf dem Mars oder auf dem Grund des Meeres.

Eilige Schritte waren Herrn Blümel verabscheuungswert. Schnell sprechen hätte er gar nicht fertiggebracht. Verdrießlichkeiten galten als persönliche Beleidigung. Das Kaffeehaus brauchte er, wie der Donaukarpfen die Donau.

Ebenso wenig hätte der Herr Kanzleioffizial Musik entbehren können, wenn sich nach Schluss der Bureaustunden graues Unbehagen heranzuschleichen sucht, selbst an achtbare Beamte, alleinstehend und zu keinerlei Verschwendung geneigt. Kein Tingeltangelgeklapper, sondern die heiteren, heimatlichen Erzeugnisse eigener Landsleute, wie Mozart, Schubert, Strauß. Man war vertraut mit ihnen in allen Eigenarten, genau so wie mit Trambahngeklingel, Autogeschrei, Hustengepolter, Weibergeschwätz. Nur dass sie einem erheblich angenehmer waren.

Trotzdem war der Herr Kanzleioffizial aufregenden Neuigkeiten, Absonderlichkeiten und überhaupt jeder Art merkwürdiger Zwischenfälle des Lebens durchaus nicht abgeneigt. Er brachte ihnen Interesse entgegen, beinahe Gefallen.

Nur mussten sie anderen geschehen sein.

Gesprächsweise jedoch, auch durch Druckerschwärze in Buch oder Zeitung vermittelt, war er zu jedem Miterleben bereit.

In diesem Punkt war er geradezu selbstlos zu nennen. Sogar seine Sparsamkeit endete hier.

So aufregend es ihm selbst war, auch nur einen Vorortzug zu besteigen, so wenig kam es ihm auf die Größe und Menge der Gefahren an, die sich in jenen Berichten der Aufregung und des Entsetzens anderer steigern und anhäufen mochte. Es war fast bewundernswert, was der Herr Kanzleioffizial in dieser Hinsicht an Grauenhaftem, Schauerlichem, Entsetzensvollem standhaft aushalten konnte.

Auch in anderer Hinsicht hatte es Herr Josef Blümel zu einer Art kleiner Meisterschaft gebracht. Das war die Gabe, sich kostenlose Genüsse zu verschaffen.

Einfacher und damit zutreffender gesagt: sich Genüsse zu verschaffen. Denn unter Genuss konnte der Herr Kanzleioffizial nur etwas Kostenloses verstehen.

So war es ihm eines pfingstlichen Sommersonntags wieder einmal gelungen, den besten Platz zu erobern, im fröhlichsten Gartenlokal, am Rand der Donau.

Unter Lindengezweig, noch dazu blühendem, schattig und sonnig zugleich, so dicht am Saum des rauschenden Stromes, dass man die blaue, bootbuntbebürdete Donau sowohl sah, wie hörte.

Hier genoss der Herr Kanzleioffizial vorzüglichen Kaffee, in den kurzen hörbaren Schlucken des Genießers, gleichzeitig aus einem Buch der Leihbibliothek abenteuerliche Dinge des Tibetgebietes in sich aufnehmend.

Es war keine Kleinigkeit, sich in diesen windigen Tibetländern zu tummeln. Der Herr Kanzleioffizial war nun schon zehn Seiten lang unterwegs. Er musste miterleben, dass ein Lama, umhüllt von Geheimnissen, einen seiner Schüler von sechzig Krankheiten heilte.

Die Möglichkeit einer Erkrankung lauert auch über dem Anspruchslosesten beständig. Herr Josef Blümel bemühte sich darum nachzurechnen, um welche Krankheiten es sich hier gehandelt haben mochte. Trotz sorgfältigster Grübelei gelang es ihm nicht, mehr als achtundfünfzig menschliche Leiden zusammenzubringen.

Als er, unzufrieden mit sich selbst, aus dieser Versunkenheit auftauchte, musste er bemerken, dass er nicht mehr allein am Tisch saß.

Eine blonde Dame befand sich ihm gegenüber. Feste weiße Frauenhände brockten knusprige Kipfel in nussbraunen Kaffee. Wie wenn niemand sonst auf der Welt wäre. Wie wenn es weit und breit keinen gäbe, der sie dabei hätte beobachten können. Beispielsweise hätte sagen können, dass man jemanden, der so blond, hoch, straff und sicher in der Welt säße, unbedingt für eine Preußin gehalten hätte, würde man nicht feststellen, dass hier ein Kipfel auf echt Wiener Art gehandhabt würde.

Herr Blümel wendete sich wieder dem Tibetgebiet zu.

Er wünschte endlich zu erfahren, auf welche Weise diese unheimlichen Priester ihre übernatürlichen Kräfte zu erringen wussten.

Junge Damen hielt Herr Blümel nicht für Wertobjekte, im eigentlichen Sinn. Er gab zu, denn er hielt auf Gerechtigkeit, dass ganz vereinzelte Exemplare in dieser Hinsicht irrezuführen vermochten, äußerlich.

Jedoch es musste Männer geben, die sich nicht täuschen ließen; die sich klar blieben, warum ihnen Verstand verliehen. Zu diesen rechnete sich Josef Blümel.

Nicht ganz aus eigenem Verdienst. Die Liebesheirat, der er sein Dasein zu verdanken hatte, wandelte sich zur furchtbaren Zwickmühle, die zwei Leben langsam zermahlt hatte.

Verzeihlich also, dass sich Josef Blümel ängstlich hütete, keiner Frau zu begegnen, die ihm hätte gefallen können. Dass er ängstlich darauf bedacht war, jedem Wink zu häuslichem Glück zu entgehen.

Obwohl er sich immer mehr allein fand. Nun, Anfang der Vierzig, hatte er längst alle Jugendbekannte durch die Ehe verloren. Alle diese Bedauernswerten hatten sich eines Tages eingebildet, die Frau gefunden zu haben, auf die sie zeitlebens gewartet hatten.

Herr Blümel bedauerte sie. Ohne sich loben zu wollen, konnte er sagen, dass er nie einen Freund beneidet hatte.

Von solch gefestigtem Standpunkt aus durfte sich Herr Josef Blümel ruhig eine Lesepause gestatten, um sein Gegenüber ein wenig zu mustern.

Er durfte zugeben, dass die neue Damenmode, die Hals und Arme auch nicht mit dem winzigsten Stofffetzchen zu verdecken suchte, als praktisch anzusprechen war, bei seiner Tischgenossin. Mit nichts war hier viel erreicht. Linien der Jugend und Anmut kamen ungeschmälert zu ihrem Recht.

Auch schien es Herrn Blümel, wie wenn blond die richtige Sommerfarbe wäre.

Vermutlich waren es diese Feststellungen gewesen, die den Herrn Kanzleioffizial bewogen hatten, dem blonden Fräulein mitzuteilen, dass es schönes Wetter wäre und er selbst der Herr Kanzleioffizial Josef Blümel sei.

Die Fremde antwortete freundlich, dass sie erstes schon heute früh bemerkt hätte.

Als Gegengabe der zweiten Mitteilung verriet sie ohne Zimperlichkeit den eigenen Namen.

Sie hieß Konstanze Krause, wohnhaft und gebürtig im preußischen Berlin.

Darauf sprach sie nichts weiter.

Dies beirrte Herrn Blümel. Bei seiner Abwägung weiblicher Eigenschaften kamen auf ein Gramm Schweigenkönnen zwei Kilo Schwatzlust.

Diese Berechnung versagte hier.

Genau wie die Art mit Kaffee und Kipfel umzugehen irreführend gewesen.

Irgendwie jedoch war man schließlich in ein Gespräch gekommen. Möglich sogar, dass Herr Blümel Ursache dazu gegeben. In Rückerinnerung schien es ihm, als habe er die junge Berlinerin auf die vielen bunten Wasserfahrzeuge aufmerksam gemacht, die über die Donau schnellten; wahrscheinlich nur aus wienerischer Heimatliebe.

Jedenfalls wusste er bald, dass er eine ganz moderne junge Dame vor sich hatte. Konstanze Krause besaß seit drei Jahren ein Handschuhgeschäft im Westen von Berlin. In einer Seitenbiegung der berühmten Tauentzienstraße, wo Luxus und Leichtsinn Tag und Nacht einander spazieren führten.

Obwohl Konstanze Krause nicht nur aus guter Familie stammte, sondern aus bester, hatte sie diesen Mut zur Selbstständigkeit gewahrt.

Das hatte der Herr Kanzleioffizial übrigens beinah alles selbst mit Sicherheit festgestellt, bevor es ihm mitgeteilt worden.

In der Theorie zollte Herr Josef Blümel Hochachtung solcher selbstständigen Weiblichkeit. Sie lauerte nicht bedrohlich auf die Ehe. Sie konnte ihr Geschick an sich herankommen lassen, wie ein Mann.

In der Praxis jedoch waren diese Damen nicht weniger unangenehm als jene Lauernden. Ihre abwägenden, kühlen, ruhigen Blicke brachten Schulprüfungen in beunruhigende Erinnerung. Sie waren imstande, schülerhafte Unsicherheit hervorzurufen.

Im Allgemeinen genommen.

Nicht bei Josef Blümel, der gegen jede Wirkung weiblicher Art gewappnet war.

Darum hielt er es für nebensächlich und gleichgültig, dass er bei der Verabschiedung dem Fräulein unbeabsichtigt mitgeteilt hatte, dass er täglich spazieren gehe, mittags zwischen elf und zwölf Uhr, die Kärntner Straße entlang, auf der Schattenseite ...

Der Herr Kanzleioffizial schlief nicht gut in der folgenden Sommernacht. Wahrscheinlich, weil sie zu lau war.

Die Träume fielen auf ihn nieder wie gewichtige Eisentüren.

Obwohl Herr Blümel, wie an jedem Abend, seine gymnastischen Entspannungsübungen gewissenhaft ausgeführt hatte. Auch nur mit einer leichten Decke hygienisch bedeckt war. Die Fenster waren selbstverständlich weit geöffnet.

Hatte er sich aus den schweren Träumen ins Wachsein gerettet, quälte ihn die Primzahl elf auf folternde Art. Er wünschte sie mit Gewalt aufzuteilen, begnügte sich endlich damit, sie zu addieren, zu subtrahieren, zu multiplizieren. Sie sauste in seinem Kopfe umher, wie wenn sich eine Mücke in seinen festverschlossenen Schädel Eingang zu verschaffen gewusst.

Der Grund zu dieser Qual blieb Herrn Josef Blümel unerklärlich.

Erst als es hell wurde, klärte sich auch in dem Herrn Kanzleioffizial das Bewusstsein.

Er sagte sich, dass diese ganze nächtliche Verdrießlichkeit nur zurückzuführen sein könne auf seine törichte Mitteilsamkeit gegenüber jener fremden jungen Dame.

Nicht nur, dass diese Schwatzhaftigkeit einer Verabredung glich, sie war obendrein eine Lüge, zumindest eine Voreiligkeit.

Herr Josef Blümel spazierte nie um elf Uhr durch die Kärntner Straße, weder auf der schattigen Seite, noch auf der sonnigen. Aus dem einfachen Grund, weil seine Bürozeit bis zwölf Uhr dauerte.

Der Herr Kanzleioffizial hielt es für notwendig, dafür zu sorgen, dass er sich nicht selbst Lügen gestraft hatte. Wozu selbst vor Gericht niemand gezwungen werden kann.

In dieser schwülen Urlaubszeit der Vorgesetzten würde es wahrscheinlich von niemandem bemerkt werden, wenn Herr Josef Blümel seinen Bürokittel etwas früher an den Nagel hängen würde. Etwa fünf Minuten vor elf Uhr.

Diese Vermutung war kein Irrtum gewesen. Schon am Nachmittag wusste dies Herr Josef Blümel.

Er hatte sich wirklich nicht Lügen strafen lassen um einer Frau willen. Er hatte seinen Bürokittel fünf Minuten vor elf an den Nagel gehängt. Es hatte niemand bemerkt. Der Herr Kanzleioffizial war die Kärntner Straße entlang gegangen, auf der Schattenseite.

Nicht nur einmal. Was Josef Blümel unternahm, führte er gründlich aus. Er war viele Dutzend Mal die belebte Straße entlang spaziert. Bekannten war er nicht begegnet. Auch nicht der flüchtigsten Bekanntschaft.

Am nächsten Tag fühlte sich Herr Blümel verpflichtet, seine Vermutung noch einmal auf die Probe zu stellen. Wieder wurde sein frühes Fortgehen von niemand beachtet.

Je pflichttreuer man ist, umso rascher siegt Gewohnheit. Am dritten Tag schon glaubte Herr Blümel diesen kleinen Extraweg nicht mehr entbehren zu können und deutlich zu bemerken, dass schon sein Bürokittel unruhig wurde nach dem Nagel an der Wand.

Der Herr Kanzleioffizial kam zu der Auffassung, diese selbstverordnete Ferienstunde als eine Art Badereise hinzunehmen. Eine Sommerfrische billig und bekömmlich. Wahrscheinlich hatte hier der Selbsterhaltungstrieb sein Recht verlangt.

Nach einer Woche jedoch gab es eines Tages keine Schattenseite mehr auf der Kärntner Straße. Es regnete.

Nach reiflicher Überlegung kam Herr Blümel zu dem Ergebnis, dass dieses Naturereignis nur so aufgefasst werden könne, als dass der Straße zwei Schattenseiten zugeschrieben werden müssten.

Herr Blümel ging also die Straße abwechselnd links und rechts hinunter, wieder hinauf und hin und her.

Niemand begegnete ihm, mit dem ein Gruß auszutauschen gewesen wäre.

Regenwetter wirkt niederschlagend aufs Gemüt. Herr Blümel wenigstens erklärte es sich damit, dass er sich heute über mancherlei ärgerte. Es hatte wirklich den Anschein, wie wenn nur die Dummen Glück hätten. Überall sah er junge Gecken Grüße und Scherze tauschen, Handküsse geben.

Dabei glaubte Herr Blümel nicht einmal an das Sprichwort. Es konnte unmöglich soviel Glück im Weltall aufzutreiben sein, wie nötig gewesen wäre, um alle Dummheit zu belohnen.

Gerad im Augenblick dieser Feststellung, streng und präzis, streckte ihm das blonde Fräulein Konstanze die Hand zur Begrüßung entgegen.

Herr Josef Blümel machte viele Worte, um zu beweisen, dass hier Zufall wunderliches Spiel getrieben.

Die Berlinerin nahm diesen Augenblick natürlicher auf.

Sie bekannte, darin einen Beweis dafür zu sehen, dass sich Ausdauer belohne. Sie habe den Herrn von der blauen Donau jeden Mittag zu treffen versucht. Sie hätte angenommen, dass eine Persönlichkeit wie der Herr Kanzleioffizial, ernsthaft, verlässlich auf den ersten Blick, nicht ohne Ursache mitteilte, dass er täglich diese Straße durchwandre, auf der Sonnenseite.

Josef Blümel lächelte. Seinetwegen hatte sich das schöne Mädchen, groß, blond, selbstständig, der heißen Sonnenglut ausgesetzt.

Gleichzeitig stieg Verdruss in ihm auf. Diese Mädchen! Selbst die Selbstständigsten waren imstande, Sonne und Schatten zu verwechseln. Nicht die wichtigsten Bemerkungen konnten sie im Kopf behalten.

*

Herr Blümel vermochte nicht zu verhindern, dass sich Strenge in seine Stimme mischte, als er bemerkte, dass er von der Schattenseite gesprochen hätte. In praller Sonne zu gehen, hielt er für ungesund, sowohl für die Haut, als für das Hirn.

Konstanze meinte, das könne doch nicht Herrn Blümels Ernst sein? Der lieben Sonne aus dem Weg gehen zu wollen? Es gäbe doch nur eine Sonne, aber so viele Wolken.

Solche Sprüche, die Poesie und praktische Lebensführung in Gegensatz brachten, liebte Herr Blümel nicht.

Er antwortete, dass scharfes Sonnenlicht Kleider und Anzüge verbleichen lasse und somit entwerte.

Indessen schritt man nebeneinander dem Stefansdom zu. Nicht zu schnell und nicht zu langsam. Wie man nur spazieren gehen kann in einer Großstadt, deren Verkehrspuls ein Promenadenring ist.

Herr Blümel stellte fest, dass das blonde Fräulein diesen Wiener Schritt vortrefflich einzuhalten verstand, gemächlich und doch nicht langweilig. Geübter Walzertakt hätte man ihn nennen können.

Konstanze prüfte ebenfalls. Sie dachte: Langweilig aber praktisch. Der geborene Ehemann. Daher seine Feigheit vor der Ehe. Armer Kerl.

Ganz von ungefähr kam ihr in den Sinn, welches Kopfzerbrechen ihr die Buchführung bereitete. Solcher Kanzleioffizial würde sich solchen Geschäftsbüchern sicherlich mit Vergnügen widmen, in Feierstunden.

Auch in Wien würde sich ein Handschuhladen führen lassen.

Zufällig hatte Konstanze solchem Luftschloss schon in die Fenster geguckt.

Es gab am »Graben« ein Fräulein Steffi Pichler, die mit Freuden bereit gewesen wäre, ihr flottes Handschuhgeschäft einzutauschen gegen ein ähnliches in der Reichshauptstadt.

Sie stellte sich Berlin als Paradies der Lebenslust vor. Großstadt, wie sie sein sollte. In der man überhaupt nur Trab lief. Wien spielte doch nur Großstadt. Im Grunde hielt man hier jeden, der Eile hatte, für einen Trottel. Steffi aber wollte mitten hinein in den Trubel, Strudel, Knudel, wo man nichts anderes mehr kannte als Jagen, Hetzen, Vorwärts. Sie war Braut eines Kunstfahrers auf Motor. Dessen Lebensparole war: verbotenes Schnelltempo. Rattatata. Außerdem hatte er Stellung in Berlin angenommen ...

Konstanze dagegen glaubte, Gemächlichkeit verlockend zu finden. Sanfte Spaziergänge entlang der Donau, hinauf zum Kahlenberg, Ausflüge in den Wiener Wald, mit einem Picknickkörbchen, das möglicherweise von einem Ehemann getragen wurde, in rechtschaffenem Stolz ...

Konstanzes nachdenkliche Schweigsamkeit beunruhigte Herrn Josef Blümel. Er beeilte sich, ein Gespräch in Gang zu bringen, das sich um Musik drehte. Morgen würde wahrscheinlich der Himmel wieder blau sein. Dann sollte niemand versäumen, in den Schönbrunner Park zu gehen, wo Walzer gespielt würden, von Lanner und von Johann Strauß.

Konstanze antwortete weder ja noch nein.

Sie fragte, ob Herr Blümel selbst irgendein Instrument spiele?

Herr Blümel gestand ein, dass er die Geige zu handhaben wisse. Vom Blatt sowohl wie nach dem Gehör. »Wiener ist Wiener«, fügte er entschuldigend hinzu.

Sie blickten beide zum Stefansturm auf, dessen Spitze sich mit allen ihren Zierlichkeiten in die Wolken verlor, wie eine zarte Melodie vergangener Stunden oder kommender.

Schließlich verabschiedete man sich.

Man hatte keine Verabredung getroffen.

Jedoch hatte Fräulein Konstanze mit keinem Wort widersprochen, als Herr Blümel noch einmal versichert hatte, dass es gesund sein würde, für Gemüt wie Körper, Walzer zu hören im Schönbrunner Park ...

Gut und schlecht gibt es nicht. Beides Worte ohne greifbare Begriffe. Selbst auf das Wetter angewandt, ohne Sinn und Verstand. Immer gibt es Greise, die frieren, immer Jünglinge, denen es zu heiß ist.

So sagte sich Herr Blümel ärgerlich am folgenden Nachmittag.

Der Himmel war grau, aber es regnete nicht.

Wer konnte es wissen, ob es Schönbrunner Walzerwetter werden würde oder nicht?

Es konnte regnen, ebenso gut war es möglich, dass es schön blieb.

Der Bericht an der Urania sagte dasselbe. Natürlich umständlicher, wie es sich gehörte für eine amtliche Verkündigung.

Herr Blümel begann sich mit jedem in ein Gespräch einzulassen, der leichtsinnigerweise vor dem Wetterbericht haltmachte. Nicht allein des Wetters wegen. Oder etwa des geplanten Konzertbesuches halber. Oder gar, weil er glaubte, jene junge Berlinerin dort wiedersehen zu können und sonst vielleicht für immer aus den Augen zu verlieren. Alles das waren Flüchtigkeiten. Herr Blümel fragte aus Interesse am Menschentum.

Eilige, Elegante, Schäbige, Langsame wurden befragt, ob das Wetter schön werden würde, ob es bleiben würde, wie es ist, oder sich zum Regen anschicken könnte?

Eilige riefen: Schon möglich.

Womit alle drei Fragen mit einer Klappe erschlagen waren.

Elegante antworteten beunruhigt, dass sie nicht wüssten, warum es regnen sollte.

Langsame erklärten umständlich, dass alle drei Möglichkeiten nicht ausgeschlossen wären.

Wieder vermisste Herr Blümel jede Einheitlichkeit im menschlichen Auffassungsvermögen.

Er blickte ärgerlich nach oben. Die ganze Wetterwerkstatt hinter den Wolken dünkte ihm geschaffen eigens für Weibspersonen. Um ihren Launen, Ausreden, Ausflüchten, Veränderungsmöglichkeiten jeder Art in die Hände zu spielen. Er traute ihr nichts mehr Gutes zu, sondern nur Zweifelhaftes.

Ärger macht ungerecht. Man meint es da oben wahrscheinlich mit jedem gut. Auch Herrn Blümels Zweifel wurden bald behoben. Prasselnder Regen sauste hernieder.

Herr Blümel wusste endlich, was er zu tun hatte. Er spannte seinen Regenschirm auf, den er auf jeden Fall bei sich hatte, klappte den Kragen seines hellen Sommerrockes hoch und begann seinem Stammcafé entgegenzueilen.

Der Regen verstärkte sich. Herr Blümel trug Schuhe, die nicht für Galopp berechnet waren. Er hatte die Gewohnheit, stets solche zu kaufen, die um ein weniges zu weit waren. Eigentlich, ohne dass er es wollte. Er hatte sehr kleine Füße. Die Natur schien nun einmal nicht gewollt zu haben, dass er auf großem Fuß leben sollte. Herr Blümel aber konnte sich nie entschließen, die kleinste Schuhnummer zu wählen für die gleiche Summe, mit der er die größte hätte erstehen können.

So war Herr Blümel aus manchem Grund nicht unzufrieden, als er das Café erreicht hatte.

Doch schon mischte sich ins Behagen ein kleiner Widerspruch. Es verdross Herrn Blümel, Fräulein Konstanze nicht erzählt zu haben, dass es üblich bei ihm war, das gemütliche Café am Graben aufzusuchen, falls er nicht ausnahmsweise einen Spaziergang vorzöge. Verschwiegenheit war achtbar. Geheimnistuerei aber lächerlich. Herr Blümel musste sich vorwerfen, in diesem Fall lächerlich gehandelt zu haben. Dieses Mädchen, blond, edel gebaut, aus angesehener Familie, in selbstständiger Stellung, hatte alle Berechtigung auf volles Vertrauen ...

Immerhin, der Kaffee duftete köstlich, schmeckte ebenso und brachte bald die federnde Belebtheit, die nur dieses unentbehrliche Gift zu vergeben hat.

Außerdem gelang es Herrn Blümel, seine sämtlichen Lieblingszeitungen zu erwischen, sie alle miteinander auf seinen Stuhl zu schieben und sich darauf zu setzen. Auch zeitweiliges Besitzerrecht will gesichert sein.

Herr Blümel wusste, dass der Herr mit dem altmodischen Kotelettenbart, der im speckigen Bratenrock stets in der Nebennische saß, auf die gleichen Neuigkeitsblätter entbrannt war. Zuzusehen, wie er den weiten, spiegelwandigen Raum nach den Zeitungen durchjagte, Tisch nach Tisch umschnüffelte, ratlos verzweifelt, wie ein Hund, der die Spur seines Herrn verlor, war ein Schauspiel, kostenlos, also köstlich. Es gab Lebensgenüsse genug, die unabhängig sind von jenen Verzwicktheiten, die zusammenhängen mit Frauen, Ehetum und ähnlichen Gebieten.

Auf solchen Gedankenwanderungen musste es Herrn Blümel erfreuen, als er jetzt in der Zeitung las, dass es einem geschickten Forscher gelungen war, einen Hahn soweit zu bringen, Eier auszubrüten. Tadellos, fachgewandt, vorschriftsmäßig war dem Hahn dieses Kunststück gelungen, das sich wichtigmachende Hennen durch überlautes Glucksen anzukünden pflegen. Auch die Naturgesetze bekamen allmählich einen Riss, Herr Blümel war überzeugt davon, die ganze Überschätzung der Weiblichkeit im Weltall würde eines Tages zerplatzen wie Seifenblasen.

Herr Blümel hatte unter diesen Fortschrittshoffnungen nicht bemerkt, dass drei neue Gäste mit lebhaften Worten die Nebennische füllten, die Herr Blümel durch Spiegelung übersehen konnte, ohne selbst bemerkt zu werden. Viel hatte Herr Blümel dort schon miterlebt, Lustspiele, Dramen, auch Filme, alles in kostenloser Beobachtung.

Der Klang einer Stimme, die ihm angenehme Melodien der Erinnerung zu spielen begann, rief ihn aus seiner Versunkenheit in das Problem brütender Hähne.

Wem gehörte diese Stimme? Er blickte auf. Er wusste es.

Da saß Fräulein Konstanze zwischen einem Herrn und einer Dame. Sie trug eine Ledermütze, unter der sich das Blond hervordrängte, auffällig wie ein selten gewordenes Goldstück aus überreichem Geldbeutel.

Sonst bemerkte Herr Blümel ein helles Kleid, aus dem der Hals, lang, schlank und weiß, emporragte. Herr Blümel wollte sich einreden, dass Gänse ähnliche glatte lange Hälse besäßen. Aber er konnte nicht verhindern, dass er an einen Schwan denken musste. Sogar an einen Singschwan.

Auch die Dame neben dem blonden Fräulein war dem Herrn Kanzleioffizial nicht unbekannt. Ein Stammgast des Cafés am Graben musste wissen, wer Fräulein Steffi Pichler ist.

Herr Blümel besorgte zwar keine Einkäufe in solchem Luxusgeschäft. Doch es gehörte zu Fräulein Pichlers Gewohnheiten, die Tür ihres Ladens weit geöffnet zu halten bei jedem Wetter. Vermutlich in der Absicht, dass jeder Lufthauch einen Kunden hineinwehen sollte.

So hatte Herr Blümel oft genug beobachten können, wie Fräulein Steffi einem Kavalier die hellgelben Wildledernen anprobierte. Finger für Finger mit sanften Streichbewegungen bearbeitend. Dabei wurde geplaudert. Anscheinend Heiteres. Man lächelte und lachte.

Herr Blümel beobachtete Fräulein Konstanzes festgeformte Hände, die nicht klein waren, jedoch keineswegs groß zu nennen. Es waren Hände, denen zuzutrauen war, dass sie gegebene Versprechen halten würden.

Verkaufte man die Handschuhe auch in Berlin auf solche intime beschauliche Art? Oder hinderte dort das energische Tempo solches Verlieren in Unnützigkeiten?

Jedenfalls mochte es auch dort angebracht sein, dass eine Dame in derartiger Lebensstellung einen männlichen Menschen als Schutzwall neben sich hatte.

Herrn Blümels Blicke glitten zu dem Nachbar der beiden Damen. Das war ein Mann des Tages, motorvertraut. Herr Blümel hatte dies auf den ersten Blick festgestellt.

Über diesen neuen Typ, dieses Musterbild der Zeit hatte sich Herr Blümel erst kürzlich mit einem jüngeren Kollegen gestritten.

Dieser hatte behauptet, dass die Zeit wieder gekommen wäre, wo Muskel- und Körperkraft Maßstab des Mannes ausmachten, nicht mehr der steife Kragen und die Gehirngrammchen. Dem halsfreien Proletarier gehörten Zukunft und Weib.

Herr Blümel hatte Bedauern gefühlt. Er glaubte zu wissen, dass auch dieser Kollege nur die Anschauung einer Frau echote. Ihretwegen verließ er die Beamtenbahn mit dem sicheren Endziel der Pensionsberechtigung. Denn diese Frau hatte verkündet, sie würde schon am Hochzeitstag sterben vor Langeweile, wüsste sie im Voraus, genau auf Heller und Pfennig, was ihr Lebensgefährte verdienen würde, nicht nur bis ans Lebensende, sondern sogar noch darüber hinaus.

Abwechslung, Aussichten, Erwartung, Neugier, ungeahnte Möglichkeiten sollten die Lebensfahne flattern lassen.

Herr Blümel hatte dazu geschwiegen. Auch dieser Arme, sonst zuverlässig und korrekt, glaubte auf dieses Geflatter zeitlebens gewartet zu haben. Bedauernswert jeder, der einem weiblichen Wesen übertriebenen Wert beimessen konnte.

Während dieses Gedankens musste Herr Blümel bemerken, wie Fräulein Konstanze im Spiegelbild einen silbernen Likörbecher bereithielt, um ihn gegen einen gleichen anklingen zu lassen, den die massive Klaue des Kräftelenkers umfasst hatte. Man schien irgendeinen Plan oder einen Entschluss damit besiegeln zu wollen.

Herr Blümel hatte sich plötzlich erhoben, vorwärts bewegt und eine Verbeugung gezwängt zwischen die Silberbecher, bevor sie sich berühren konnten.

Fräulein Konstanze erschrak sichtbar.

Aus Freude? Oder weil sie herausgerissen wurde aus leichtsinnigem Spiel? ...

Alle Vermutungen sind beinahe richtig.

Konstanze hatte an Herrn Blümel gedacht. Er war einbegriffen gewesen in dieses Becherklingen, das dem Austausch zweier Lebenswege hatte gelten sollen, einem Jongleurspiel, in dem die Städte Berlin und Wien die Goldkugeln waren.

Ziffern und Zahlen der Geschäftsbücher zweier Handschuhgeschäfte hatten ergeben, dass hier ein Tausch niemanden betrügen würde.

Nun hatte Konstanze sich und den anderen eine Woche Bedenkzeit ausbedungen. Sie spielte Lotterie mit der Zukunft. Sie hatte sich gesagt, sollte ihr Herr Blümel noch einmal, unverabredet begegnen, wollte sie ihn bei manchem Zusammensein prüfen, beobachten, zu ergründen suchen.

Konstanze hatte also eigentlich gewünscht, Herrn Blümel wieder zu begegnen.

Gleichzeitig aber gehofft, dass ihr Plan von selbst zerfließen würde, wie manches andere Luftschloss, mit dessen Grundstein sie balanciert hatte im Zukunftsgewölk.

Berlin war Berlin. Man tadelte es, wenn man dort war. Man sehnte sich zurück, wenn man es verlassen. Konnte jemand diese Stadt verstehen, der nicht dort aufgewachsen war? Der Pariser liebt sein Paris, er braucht es wie der Säugling die Milch. Warum schämt sich der Berliner, dass es ihm nicht anders geht, mit dem brausenden Steinmeer zwischen Spree und Havel, zwischen blauen Seen und patinagrünen Fichtenwäldern?

War es mit Wien ebenso? Diese Stadt, die wie ein alter herrlicher Garten immer wieder gemächlich die gleichen Pflanzen, immer aufs Neue die gleichen Menschenarten hervorbrachte, ungeachtet alles Zeitgetümmels? Verstand man die Musik des Stefansdoms, wenn man nicht schon als Kind mit diesen Melodien gespielt hatte, wie mit Kreisel und Murmel? Vermochte man sich wirklich einzufügen in den Spazierrhythmus der Ringstraße, wenn sich nicht schon die ersten Schritte dort hatten erproben können?

War man sowenig imstande, seine Heimat zu vertauschen wie sein Herz?

Konstanze, Blicke und Gedanken draußen in rauschenden Regenstreifen, spürte zwischen Kaffeeduft, Löffelgeklapper und Stimmgeschwirr des Wiener Cafés den feinen Hauch ihres parfümierten Kaufladens, dessen bunte geschmackvolle Enge oft den Rahmen bildete für anmutiges Gesellschaftsgeplauder.

Freundinnen, Bekannte der Jugendzeit, fanden sich dort ein, um scherzend, spöttisch oder begeistert zu streiten über Kunst, Theater, Bücher, Reisen, über Moden jeder Art. Mit der Leichtigkeit des Schaums, der sich über den Wellen kräuselt und über gefüllten Sektkelchen. Lebensschwimmer, die nichts von der Tiefe wissen wollten, die sich weder weit hinauswagten, noch zu tauchen suchten, wenigstens nicht ohne Korkgürtel oder feste Kappe. Deren Sterne die Bogenlampen waren und die es alle verstanden, auf Spaziergängen oder Wagenfahrten umzukehren, kurz, ehe die drohenden Vorstädte beginnen.

Hatten sie genug von der Kühle oder der Wärme des bunten Ladenwinkels, eilten sie davon, zu Fuß oder im Auto. Sie kümmerten sich nicht im geringsten darum, ob dieser bunte, behaglich scheinende Fleck im Stadtgetrubel für Konstanze das Podium sein könnte eines tüchtigen Boxerkampfes mit Kalkulationen von Einkauf, Verkauf und Wiedereinkauf und anderen geschickten

Handgriffen, mit denen der Erwerbenmüssende unermüdlich dem schlauen Leben zu parieren wissen muss.

*

Man darf den Flüchtigen ihre Gleichgültigkeit nicht übel nehmen. Konstanze wusste aus ihrer Kinderzeit, jenen verwöhnten Tagen, dass auch Leichtlebige nicht so leichtlebig sind, wie es Zuschauern scheint. Angst ist der Hintergrund all unserer Taten. Jeder versucht, sich auf seine Weise vor dem Schicksal zu verstecken. Der eine verschanzt sich hinter Arbeit, der andere sucht hinter Vergnügungen Unterschlupf. Notwendig sind alle. Die Leichtlebenden erhalten das Lachen.

Konstanze lachte gern. Konstanze verstand, zu lachen. Wozu durchaus nicht jeder befähigt ist.

So hatte Udo von Silken behauptet. Er kannte Konstanze von Kindheit an. Ihre Väter waren Freunde gewesen.

Udo war einer der treuesten unter Konstanzes Kundschaft. Er kaufte unermüdlich Handschuhe. Das heißt, er ließ die Schuld dafür ankreiden.

In diesem Punkt war Udo Meister.

Er entschuldigte dies mit der Erklärung, dass er unmöglich Geld besitzen könne, denn er wäre etwas, das es heut überhaupt nicht mehr gäbe. Adel wäre abgeschafft, Besitz ausgerottet, Tradition weggeblasen.

Er aber bildete das Ergebnis von allen dreien. Durfte man ihn dafür verantwortlich machen?

Udo hatte eine lässige Art sich zu bewegen, zu sprechen und zu urteilen, über die sich Konstanze zu ärgern glaubte. Kein anderer bewegte sich so. Wenigstens kannte Konstanze niemanden, der ihm vergleichbar wäre. Wenige auch brauchten solche kleine Handschuhnummern und verfügten trotzdem über solchen festen Griff.

Udo verlangte manchmal Damenhandschuhe. Immer in flottester Ausführung. Natürlich auch auf Kredit.

Es konnte Konstanze gleichgültig sein, was sie dem Jugendfreund auf Konto schrieb, ob Handschuhe für Damen oder für Herren.

Aber wir kümmern uns gern um Dinge, die uns nichts angehen sollten. Auch Konstanze konnte dann einige Bemerkungen nicht unterdrücken über Dummheit, Leichtgläubigkeit, Kurzsichtigkeit.

Udo lächelte dazu in seiner frechen Lässigkeit und sagte, dass alle seine Vorfahren den Frauen gedient hätten. Bei Tag und bei Nacht. Er erinnerte daran, dass er in einem Schloss geboren, Stammsitz der Familie am Ufer der Elster, dass sich ein Freund und Staatsmann August des Starken erbaut hatte, eigens nur dazu, um Udo von Silkens Ahn zu werden. Außerdem glaubte Udo, dass man sich im Grunde nur in einen Schlosspark verlieben könne oder in ein Auto. Allenfalls noch in einen Edelstein ...

Konstanze überlegte, ob Udo wohl Kredit und Plauderkunst auch bei Fräulein Steffi Pichler suchen würde? Ohne viel Unterschied dabei zu finden in der Trägheit seiner Empfindung?

Oder würde er Konstanze nach Wien folgen? Wenn es ihn überhaupt nicht gab, wie er behauptete, konnte es ihn doch ebenso gut nicht in Wien geben ...

Herr Blümel hatte sich geräuspert, vernehmlich und mehrmals.

Er bedauerte, das Fräulein aus ihrer Versunkenheit aufgeschreckt zu haben. Aber ihr Gesicht hatte so ernsten Ausdruck getragen, dass er diese Unterbrechung für kein Unrecht hielt.

Er berichtete über das Gespräch, eben geführt mit dem Herrn Kunstfahrer.

Man war eigentlich gleicher Meinung über das Leben. Bremsen müssen hieß es auf Schritt und Tritt. Nur, dass der Herr Kraftfahrer dies hasste und der Herr Kanzleioffizial den Sinn des Daseins darin sah.

Einige Tage später saßen sich Fräulein Konstanze und Herr Blümel wirklich gegenüber im Park von Schönbrunn. Unter Laubgrün, zwischen Sonnenkringeln, Kaffeeduft und gut gestrichenen Walzerweisen.

Jedes Blättchen wiegte sich mit im warmen Julihauch. Jedes Insekt summte und brummte im Dreivierteltakt.

An allen Tischen saßen fröhliche Herzen.

Hier schien sie sich versteckt gehalten zu haben, die verloren gegangene, gute, alte Zeit.

Nichts Schweres gab es mehr, nicht Billig mehr und Teuer, nicht Gut und Böse, kein Sparen und kein Versagen, kein Kranksein mehr oder gar Schlimmeres, nur wiegen, sich wiegen, weil man noch lebte, Heiteres denkend, leicht sich fühlend im Walzertakt.

Konstanzes blonde straffe Schlankheit wirkte eigentlich nicht ganz rhythmisch zwischen den Wienerinnen, rundlich und brünett.

Herr Blümel hatte vor dieser Art Frauen früher etwas wie Angst empfunden. Wahrscheinlich in Erinnerung an eine allzu gestrenge Lehrerin der Kindheit.

Was uns fürchten macht, zieht uns an. Darum also wohl musterte Herr Blümel Konstanze gründlich.

Starr und unverwandt blickte er auf sein Gegenüber. Mit der Aufmerksamkeit, wie er sie bisher nur für Dinge aufgebracht, die ihn in Schaufensterauslagen angelockt hatten und deren Kauf er in Erwägung gezogen. Beispielsweise jene Krawatte, rotbraun mit grünen Punkten, deren Erwerb er wochenlang täglich überlegt hatte. Bei jedem Spaziergang war das Stückchen Seidenband scharf fixiert worden. Als er sich zum Kauf entschlossen hatte, war die Krawatte verkauft worden, gerad in den wenigen Sekunden, die Herr Blümel gebraucht hatte, um von draußen nach drinnen zu gelangen.

Er hatte darin Schicksalsfügung gesehen. Man soll nichts überstürzen, er freute sich der aufgedrungenen Ersparnis ...

Konstanze ertrug Herrn Blümels Blicke ohne Schwierigkeit. Sie genoss Walzermelodie und Sommerstunde. Alles schien tanzen zu wollen. Selbst Herrn Blümels Nase. Die nicht ganz Konstanzes Beifall hatte. Sie glich einem kleinen Knopf und vermochte auf kurzem Rücken nicht einmal einen Kneifer reiten zu lassen.

Konstanze meinte, Udo von Silkens lässiges Lächeln darüber wegtanzen zu sehen.

Zu Udo passte weder Kneifer noch Brille.

Udo trug ein Monokel vor seinem kurzsichtigen Auge. Dazu war es nötig, das andere Auge, das nüchternnormal sehende, zuzukneifen. Auf diese Weise war Udos Lebensperspektive entstanden. Keine Weltanschauung ohne Gründe ...

Herr Blümel plauderte vom alten Wien. Er erzählte von Frühlingsfesten, die einst gefeiert wurden. War das erste Veilchen des Jahres entdeckt, meldete man das damals sofort auf der »Burg«. Kurz darauf verkündeten Fanfarenbläser auf allen Straßen, auf allen Plätzen, dass der Frühling gekommen. Bereitwilligst stockte gleichen Augenblicks alle Arbeit. Alles zog in die Schenken vor die Stadt zum Weingenuss. Überall wurde Harfe gespielt. Oder die Pikkoloflöte. Sie wurde von den Wienern picksüßes Hölzel genannt.

Konstanze lachte auf.

Herr Blümel fand es nicht uninteressant zu beobachten, wie sich Lustigkeit zwischen die energischen Züge eines klugen klaren Gesichts zwängte.

Er berichtete weiter vom Zauber der Vergangenheit. In dem Wunsch, sich selbst angenehm zu machen, holte er die unsterbliche Anmut der Vaterstadt Wien hervor, Abglanz ihrer Reize fiel auf jeden Wiener.

Herr Blümel erbot sich, Fräulein Konstanze am nächsten Tag nach Belvedere zu führen, ihr das Schloss des Prinzen Eugen zu zeigen.

Konstanze wurde lebhaft. Prinz Eugen, der edle Ritter, ihn hatte man schon in der Schule besungen, dreistimmig. Alle Mädchen hatten für Prinz Eugen geschwärmt.

Alle Mädchen? Herr Blümel war gewiss keiner, dem an der Bewunderung aller Mädchen gelegen war.

Aber ihn durchschoss doch die Feststellung, welche Bevorzugung solch Prinz genoss, noch nach Jahrhunderten, dank einer poesievoll scheinenden Position.

Gleich darauf berichtete Herr Blümel jedoch, ohne Spur von Konkurrenzneid, Näheres aus des Savoyardenritters interessantem Leben. Intim, zusammengehörig, so wie ein echter Wiener vom anderen echten Wiener spricht.

Genau beschrieb er den Steinadler, grau, breitflügelig, melancholisch, zahm geworden, den der feurige Prinz seinen Bruder genannt. Den er täglich in der Morgenfrühe gefüttert hatte, der ihn um fünfundsiebzig Jahre überlebte. Der merkwürdigerweise gerad in der Stunde verendet war, als Napoleon in Wien eingezogen.

Konstanze hatte Tränen in den Augen. Sie entschuldigte dies lächelnd. Sie wisse selbst nicht, warum sie plötzlich traurig sein müsste. Wien wäre so weich und rührend.

Herr Blümel hatte Weibertränen bisher für eine der übelsten, verlogensten und raffiniertesten Naturerscheinungen gehalten.

Sogar zu jenen Natürlichkeiten, die sich so täuschend nachahmen ließen, dass man meistens nur Imitation zu sehen bekam.

Gerad heut jedoch hatte er in der Zeitung gelesen, dass frische Tränen tötend auf Krankheitserreger und Bazillen wirkten.

Möglich, dass dies die Ursache war, dass er sich eingestehen zu müssen glaubte, dass diese Tropfen des Gefühls wie Edelsteine glänzten. Er hielt Aufrichtigkeit durchaus für Pflicht.

Man hörte schweigend den »Schönbrunner« des Meisters Lanner.

Man war nicht unzufrieden, dass nach seinem Verklingen ein kleiner Zwischenfall die Aufmerksamkeit beschäftigte. Einem Bübchen war der Luftballon entflogen. Das Kind weinte, die Mutter schalt.

Ein alter Herr, kleingestaltig, zusammengeschrumpft wie ein Heinzelmann, trat zu dem Weinenden und sagte, der Bub müsse darüber lachen, dass der Bunte so hoch hatte fliegen können, wie er Kraft in sich hatte. Oben werde er zerplatzen vor Freude darüber, dass er der Sonne so nah kommen gedurft. Im Zimmer wäre er verschrumpft wie ein Bratapfel.

Bei diesem fröhlich vertrauten Wort lachte der Junge auf, getröstet.

Zur scheltenden Mutter meinte der zierliche Alte, dass sich ihre Ausgabe für den Davongeflogenen reichlich belohnt hätte. Der hätte den Jungen in wenigen Augenblicken alles durchleben lassen, was man an Empfindungen gewinnen könne. Sehnenden Wunsch, Erfüllung, Freude am Besitz und den Schmerz des sich ins Unbekannte verlierenden, nie zu haltenden Glücks.

Herr Blümel sah in Kindern eigentlich Störenfriede.

Heute rührte ihn der kindliche Kummer. So war also auch solch Kleiner schon einverleibt in den Kreislauf des Schmerzes, mit der ganzen Wucht des Menschseinmüssens. Ein echt Wiener Gesichtchen hatte der Junge.

Herr Blümel äußerte zu Konstanze, dass es wohl nur in Wien solche Art Bübchen, tief empfindend und reizend, geben könnte.

Konstanze lachte. Sie war der Meinung, dass Kinder überall etwas sehr Liebliches, Ernstes, Heiteres, Rätselhaftes, Kostbares wären. Auch in Berlin wäre das nicht anders.

Herr Blümel wurde plötzlich feuerrot, tupfte sich die Stirn und sagte, dass die Sommerhitze heute bis in den Abend zu dauern scheine.

Konstanze hatte dem zierlichen alten Herrn nachgesehen.

Sie sagte, er hätte die Lebhaftigkeit eines Kapellmeisters in den Bewegungen. Sicher wäre er einer von den bedeutenden Musikern Wiens. Oder sein Gespenst.

Als Antwort versuchte Herr Blümel aufs Neue sich Glanz und Schimmer zu entlehnen zu eigenem Schmuck.

Er brauchte diesmal einen kleinen Umweg. Er schilderte große Landsleute, aber in ihren menschlichen Schwächen.

Schubert verstand zu komponieren, aber nicht hauszuhalten. Mozart sprudelte über von Melodien, aber auch von Launen. Beethoven der Gewaltige war unmöglich im Umgang, und seine Hände sollen behaart gewesen sein bis an die Fingerspitzen.

Diese Behauptung lenkte unwillkürlich die Blicke auf die eigenen Hände.

Herr Blümel war ein wenig eitel auf die seinen. Ein Mann, dessen Handwerkszeug Kantel, Bleistift, Federhalter und appetitlich weißes Papier waren, konnte es sich erlauben, seine Nägel zu pflegen. Herr Blümel sah darin sogar eine angenehme Zerstreuung, billig und beruhigend, wenn die Schere knipste, die Feile hobelte, das Leder polierte, sommers am offenen Fenster, winters im warmen Zimmer. Trotzdem waren es nicht die Hände eines Dandys.

Konstanze musste sich eines Gesprächs mit Udo erinnern.

In der phlegmatischen Frechheit, mit der Udo alle seine Behauptungen aufstellte, hatte er über Hände gesprochen, diese unfreiwilligen Wappenschilder, mit denen Konstanze den ganzen Tag über in Beziehung stehen musste.

Udo wollte wissen, dass es nur zwei wirkliche Unterschiede unter allen Abarten dieses menschlichen Werkzeugs, dieser Waffe, dieses Gerätes, Instrumentes, Spielzeugs gäbe: Finger, bei denen man spürte, dass sie jederzeit bereit waren, in Nasen und Ohren zu bohren, und solche, denen man solches niemals zuzutrauen wagte.

Konstanzes Blick spielte auf Herrn Blümels Hand, die auf dem Tisch Dreivierteltakt klopfte.

Konstanze errötete dabei. Wie wenn sie sich plötzlich eines hinterhältigen Gedankens gegen einen Arglosen schelten müsse.

Dabei glaubte sie nichts anderes gedacht zu haben, als dass solche korrekte Hände gewiss prachtvoll dafür zu sorgen vermochten, dass Geschäftsbücher ohne Eselsohren und Tintenflecke geführt würden ...

Die Musik summte aus mit schmetterndem Schlussakkord.

Abendsonnenlicht durchströmte die Adern des grünen Laubes mit weinrotem Blut.

Aus dem nahen Tierpark rollte Brüllen nachtwach werdender Löwen und Tiger, schweres Rauschen machtvoller Adlerschwingen, die sich wie segnend vergeblich zum Flug auszubreiten suchten.

Nun eilte jeder der Stadt zu. Dreivierteltakt im Sinn und Schritt. Am Weg standen die Bettler.

Lachen, Geplauder vermischten sich mit der milden Luft.

An steiler Himmelswand, wo das Rot rasch erloschen, kletterte der kreisrunde Mond, langsam wie ein korpulenter Bergsteiger, hoch und höher.

Herr Blümel beeilte sich, noch einmal die Gemütlichkeit seines Wiens zu preisen.

In Konstanze bockte plötzlich etwas Böses, Traurigmachendes.

Sie antwortete, Gemütlichkeit wäre auch nichts anderes als grausame Gedankenlosigkeit.

Das Durcheinander der Autos hatte sie daran erinnert, dass Udo Erregung, Anspannung, Gefahr als höchste Güter pries. Dass, wenn er ein Auto lenkte in gewagtester Geschwindigkeit, er das damit entschuldigte, dass er Raubritterblut in den Adern, schon seine ältesten Vorfahren wären der Schrecken der Landstraße gewesen.

Herr Blümel war beunruhigt. Frauen blieben unverständliche Wesen. Eben noch lächelten sie, dann blickten sie fremd wie von einem anderen Stern herunter. Sie schienen aus anderem Stoff wie man selbst, waren niemals das, was man vermutete.

Herrn Blümels Unbehagen verstärkte sich, als Konstanze vor dem Parktor glattweg in ein Auto stieg. Nur weil sie müde war von allzu viel Sommerluft.

Die Fahrt verlief schweigsam. Konstanze hielt die Augen geschlossen. Herrn Blümels Blick war auf den Preiszeiger gerichtet. Dieser drehte sich schneller als irgendein Gestirn am Himmel.

Trotzdem beschloss Herr Blümel, die Endsumme ohne Zögern zu bezahlen. Er fühlte sich verpflichtet, der Berlinerin zu beweisen, dass Wien noch immer die Stadt der Kavaliere.

Jedoch er konnte nicht verhindern, dass er im Sausen der Fahrt geschwind berechnen musste, wie viel Wäscherechnungen oder wie viel Stiefelsohlen oder gar Mittagsmahlzeiten man für diese Summe hätte zahlen können. Als er die Menge Tassen Kaffee, die Unzahl knuspriger Kipfel fast zum Greifen deutlich vor sich sah, die man dafür hätte erstehen können, wurde ihm beinahe übel ...

Trotzdem war Herr Blümel ein Verschwender.

Er hätte die rasche Wagenfahrt durch linden mondhellen Sommerabend, zur Seite einer jungen blonden Mitmenschin, vollauf genießen können.

Denn Konstanze bezahlte jene Summe, bevor Herr Blümel sich noch nach seiner Brieftasche zu durchstöbern begonnen hatte, die er, in Anbetracht der vielen und großen Verbrechen dieser Zeit, tief verwahrt trug.

Erst als Konstanze verschwunden war und sich Herr Blümel allein fand, zwischen Spaziergängern, die ihn alle so wenig angingen, wie sie sich um ihn kümmerten, spürte er das Vibrieren der Räder im Blut und das Bewusstsein, niemanden mehr neben sich zu haben.

Nicht ohne Missmut begriff er gleichzeitig, dass er jegliche Verabredung eines Wiedersehens verabsäumt hatte. Dass Frauen vergesslich sind, war begreiflich. Für sich als Mann hatte er weniger Verzeihung für diese Nachlässigkeit übrig.

Unruhig schritt er kreuz und quer durch die schlummerweiche Sommernachtluft. Überlegte dies und das, jenes und mancherlei, ohne auf die praktischen Tagesgedanken zu kommen, die ihn sonst in Anspruch nahmen und vor Langerweile bewahrten.

Er sagte sich, dass er sich telefonisch mit der jungen Dame in Verbindung setzen könne. Bei näherer Überlegung hielt er dies sogar für dringend nötig. Als Kavalier wünschte er, das ausgelegte Fahrgeld möglichst schnell zurückzuerstatten.

Allerdings, dieses Reden ins Leere hatte leicht etwas Verwirrendes, wenn man mit Damen zu sprechen suchte. Man wiederholte leicht unnötige Worte, vergaß dagegen wichtige. Es brauchte nicht so zu sein, aber es konnte vorkommen.

Außerdem wusste Herr Blümel nicht, welchen Klang seine Stimme hatte.

Er wurde sich erstaunt bewusst, dass dies etwas war, worauf er noch nie geachtet hatte.

Sollte der Klang von auffallend unangenehmer Wirkung sein, würde er die junge Dame nicht damit zu erschrecken wünschen.

Er versuchte einige halblaut gemurmelte Worte zu belauschen, indem er vor sich hin zu flüstern begann.

Im Eifer solcher Selbstprüfung war Herr Blümel aus stillen Straßen der Vorstadt plötzlich in den belebten Betrieb der Praterstätte geraten.

Der Herr Kanzleioffizial sah sich genötigt, seine Probeversuche einzustellen. Sie wären wertlos gewesen. Sein Geflüster wurde von dem Lärm der Stimmen, Drehorgeln, Rollbahnen verschluckt, ohne dass sich ihr Klang kontrollieren ließ. Dagegen ergab sich die unangenehme Möglichkeit, dass Vorübergehende den halblaut Flüsternden für bezecht halten könnten.

Jedoch Herr Blümel, Gegner sonst jeder Heftigkeit und Unbeherrschtheit, vermochte plötzlich nicht die Neugier auf den Klang seiner Stimme zu bezähmen.

Gerad seit dem Augenblick, wo Herr Blümel die Flüsterworte begonnen, lief ein junges Mädchen neben ihm her. Zufällig, wie Herr Blümel meinte.

Herr Blümel beschloss behufs Stimmprüfung eine belanglose Frage an dieses junge Mädchen zu richten, einfach, laut und deutlich.

Mit kräftig betonter Stimme, sie klang dem scharf Aufhorchenden zu seiner Freude durchaus angenehm, fragte er, ob das Fräulein wisse, wie viel Uhr es sei?

»Jawohl,« war die geschwinde Antwort. Das junge Mädchen hängte sich vergnügt in den rechten Arm des Herrn Kanzleioffizials.

Herr Blümel rief geärgert, dass dies ein Irrtum sei.

Die neue Bekannte antwortete, dass nichts menschlicher als Irrtum wäre, und wanderte weiter mit Herrn Blümel.

Aus Ungeschick wachst Ungeschick. Um dem Mädchen endlich zu entfliehen, blieb dem Herrn Kanzleioffizial nichts anderes übrig, als das Gedränge vor einer Schaubude zu nutzen und in diese hinein zu flüchten.

Aus freiem Wollen wäre Herr Blümel niemals an solche Stätte gelangt.

Zwischen den Bretterwänden schwärte Dämmerung, gefüllt von Geheimnissen, von denen man nichts wissen wollte. Aber einmal hier, bezahlt mit teurem Eintrittsgeld, fühlte sich Herr Blümel verpflichtet, sich auch umzusehen.

Was er sehen musste, sobald der Scheinwerfer aufblitzte, musste jeden entsetzen, geschweige einen Mann wie ihn, der schon jede Schaustellung der Gefühle verabscheute, wie sie beispielsweise Verlobungen oder Trauungen mit sich bringen. Seine Augen erblickten eine Frau in voller Unverhülltheit, an jeder Leibesstelle tätowiert mit Emblemen.

Als der Herr Kanzleioffizial die Blicke sofort entrüstet abwendete, gewahrte er obendrein, dass er der einzige Zuschauer war.

Er suchte sich eiligst zu entfernen. Da erlosch der Scheinwerfer.

Herr Blümel suchte vergebens den Riegel der Tür. Er brachte nur hinderliche Perlennetze ins Zappeln.

Mondlicht flimmerte durch das schlechte Bretterdach auf die Tätowierte, die schon mitten im Bericht einer fesselnden Lebensgeschichte war. Eine Kette wunderbarer Unglücksfälle. Wie Ausschnitt nach Ausschnitt erregendster Extrablätter. Ein Heer von Männern hatte nach der Unschuld dieses unberührten Geschöpfes getrachtet. Nie etwas anderes erreicht als die Erlaubnis äußerer Tätowierung. So merkwürdig ist manchmal das Leben.

Voll Spannung türmte sich Herrn Kanzleioffizial Blümels Mitgefühl. Ihm wurde Klarheit, dass man diese unglücklichen Geschöpfe unterschätzte. Dass man viel an ihnen gutzumachen hatte.

Seine Anteilnahme wuchs mit seiner Nachsicht. Verstehen heißt Vorurteile überwinden.

Bald fühlte sich der Herr Kanzleioffizial nur noch Mitmensch ...

*

Kein Registerbuch, in dem nicht einmal eine kleine Zahl hätte ausradiert werden müssen.

Der Herr Kanzleioffizial versicherte sich dies am nächsten Morgen zur Selbstberuhigung.

Es war heller Sonnenschein, niemand war jetzt verpflichtet, an Vorfälle zu denken, die mit Mondschein zusammenhängen.

Ordnung aber muss sein. Herr Blümel war genötigt, den gestrigen Tag und seine Ausgaben zu buchen. Dies ließ sich nicht umgehen. Unordnung im Taschenbuch würde ihm Wiederbeginn wie Weiterführung des Tages ebenso unmöglich machen, wie wenn er ohne Wasser und Seife hätte beginnen müssen.

Innere Reinheit ist schwieriger aufrecht zu halten als äußere.

Herr Blümel spürte es, als er sich nun mit seinem Rechenbuch auseinanderzusetzen suchte. Wollte er aufrichtig sein, musste er den ganzen Betrag, den er gestern in seinem Geldbeutel bei sich getragen, auf die Defizitseite buchen. Das Geld hatte sich anscheinend mit dem Silberlicht verschmolzen, das um die unglückliche, größte Sehenswürdigkeit gewogt hatte. Aus Gegenden, wo die Wirklichkeit aufhört, holt niemand etwas zurück. Verloren ist verloren.

Herr Blümel durfte sich trotzdem nicht die Qual ersparen, die Höhe des verschwundenen Betrages genau nachzurechnen. Er deckte sich mit der Summe, die es gekostet hätte, wenn Herr Josef Blümel es gewesen wäre, der die Autofahrt mit Fräulein Konstanze geschwind bezahlt hätte. Es kostet also das gleiche, ein Kavalier zu sein oder ein Wüstling.

Unwillkürlich fuhr durch Herrn Blümels Überlegung die Nachdenklichkeit, ob nicht ein Ehemann bewahrt würde vor manchem unangenehmen Zwischenfall. Obendrein ohne jede seelische Anstrengung?

Dann kehrte er zu Tatsachen zurück.

Er buchte den fehlenden Betrag unter der Rubrik: Apotheke.

Nicht um zu lügen. Aber ein korrekter Mann hat immer die Zukunft im Auge. Herr Blümel hielt es immer noch für möglich, dass er eines Tages Enkel haben könne, die einst aus den bescheidenen Ausgaben des Großvaters ihre Moral stützen sollten ...

Nichtsdestoweniger war es Herrn Blümel peinlich, solche Umschreibung unbekannter Nachkommen halber vollziehen zu müssen.

Er wurde sich bewusst, dicht neben dem geraden Weg kann die schiefe Ebene liegen, auf der man leicht abwärts glitt, mit beschleunigter Geschwindigkeit.

Kurzes Insichgehen ermüdet mehr als der weiteste Spaziergang.

Vermutlich darum fühlte sich Herr Blümel jetzt so müde, dass er sich wünschte, die heutigen Bürostunden versäumen zu können.

Er hätte es für bedeutend bekömmlicher gehalten, ein wenig ruhen zu können und sich dann auf dem Graben vor dem Café durch eine Schale Braun und frische Luft zu stärken.

Allerdings war gerade an diesem Platz eine unerwartete Begegnung mit Fräulein Konstanze nicht ausgeschlossen. Niemand konnte die junge Dame verhindern, den Laden ihrer Kollegin Pichler aufzusuchen. Aller Wahrscheinlichkeit nach gehörte dies sogar zu den Notwendigkeiten ihrer beruflichen Betätigung.

Aber selbst angenommen, diese Vermutung bestätigte sich, so war es nicht nötig, die Dame anders zu stören als durch einen kurzen Gruß.

Es sei denn, dass sie selbst auf den Herrn Kanzleioffizial zuschreiten würde, um ihn beispielsweise zu fragen, ob er nicht gesund sei, weil er Arbeitsstunden faulenzend verbrachte. Oder etwa daran erinnern wollte, dass man versprochen hatte, ihr den Park von Belvedere zu zeigen. –

Spannung und Hemmung bilden die Achsen, um die sich unsere Tage drehen. Beinahe hätte Herr Blümel seine Vermutung schon für Wirklichkeit gehalten, würde ihm nicht eine Spinne an der Wand aufgefallen sein, die in tüchtiger Tätigkeit den Tag begrüßte.

Kein günstiges Morgenzeichen. Auch wenn man zu jenen gehörte, die Aberglauben als menschliche Schwäche einzuregistrieren gewohnt sind.

Herr Blümel nahm es als Zeichen der Unsauberkeit und fragte sich, woher dieses Insekt eigentlich stets einen Faden bereit hatte, den jedes Mädchen vergeblich suchte, sobald ein eiliger Knopf Befestigung verlangte.

Seine Verdrießlichkeit ging dabei in Lächeln über. Er hatte denken müssen, dass man bei manchen Dingen vergeblich den Ursprung sucht.

Zum Beispiel bei dieser sogenannten Liebe. Welcher Gelehrte, trotz alles Fortschritts, hatte feststellen können, wann, wo und wie sie beginnt? Hätte man diesen Bazillus entdeckt, würde man wohl längst auch den Gegenbazillus gefunden haben. In dieser Zeit der Erfindungen und Entdeckungen.

Kein Serum wäre wohl segensreicher zu nennen gewesen.

Herrn Blümels Antipathie gegen die Liebe war nun einmal etwas nicht zu Vernichtendes. Von allen unbegreifbaren Dingen schien sie ihm das unbegreiflichste. Dabei durchaus überflüssig. Selbst bei Vorgängen, bei denen man sie als einzige Urheberin anzunehmen pflegte, war sie durchaus nicht nötig.

Dagegen war sie imstande, den Pünktlichsten in seiner Tagespflicht zu beirren, Arbeitsgedanken zu zerstreuen, Sparsamkeit zu verhindern, zumindest zu beeinträchtigen, die Gesundheit zu schädigen, das Weltbild, die Lebensanschauung, schließlich den ganzen Charakter herabzumindern.

Wenn Herrn Blümel auch hier eigene Erfahrungen fehlten, er wusste es, kraft klaren Umblickens.

Die Spinne hatte inzwischen ein zauberzartes Netz gefädelt.

Herr Blümel, gestärkt durch persönliches Nachdenken, war nun doch entschlossen, gewohnter Pflicht nachzukommen ...

Auf üblichem Platz im Büro fand sich auch wieder Wohlbehagen ein. Der Herr Kanzleioffizial wurde angenehm daran erinnert, dass Arbeit die beste, die sicherste und billigste Zerstreuung ist und bleibt.

In der Frühstückspause stellten die Herrn Kollegen fest, dass Herr Blümel heute angegriffen aussehe.

Solche Anmerkungen hielt Herr Blümel für höchst überflüssig. Sie halfen niemandem und beunruhigten selbst solche, die nichts auf die Meinung anderer gaben.

Ein Blick in den Taschenspiegel, schnell und geheim, bewies ihm, dass die Zunge nicht weiß, die Haut nicht fahl war. Die Augen blitzten sogar. Selbst ist der Mann. Josef Blümel bedurfte keiner Kollegendiagnosen ...

Lebenskunst jedoch verlangt, vorzubeugen jeder Art von Krankheit. Ein Aufenthalt im Freien am Nachmittag würde sich in jedem Fall hygienisch auswirken müssen.

Herr Blümel fuhr hinaus zum Park von Belvedere.

Die Springbrunnen sprangen. Zwischen Schatten spendenden Taxushecken, von grünbestrichener Bank erblickte man Wien vor sich.

Über den Dächern und um den Stefansturm schwefelte gelblicher Dunst als Weihrauchswolke der Arbeit.

Herr Blümel schaute, rauchte eine gute Zigarre und dachte allerhand.

Erst rechnete er eine Weile. Nichts hielt er für wohltuender als Zahlenzusammenstellungen im Hinblick Sparkunst.

Er überrechnete, um wie viel teurer das Leben zu stehen kommen würde, wenn er unbeherrschten Temperaments, wie es so viele waren, zwei gute Zigarren am Tage verrauchen würde, drei, vier, fünf, sechs.

Das Resultat wurde erfreulicher mit jeder Zahl.

Sich daran zu erinnern, dass diese Sparsumme noch erheblich vergrößert würde, wenn gar keine Zigarre geraucht würde, hütete sich Herr Blümel wohlweislich. Verdrießlichkeiten zieht man nicht selbst herbei.

Dann gedachte Herr Blümel des einstigen Herren dieses herrlichen Parks, dieses Prinzen Eugen, für den noch heute die Schulmädchen schwärmten.

Mit dem Genussrecht des Lebenden überließ Herr Blümel dem Prinzen Besitzerrecht und Bewunderung.

Unvergänglich war nur Wien.

Langsam nickte der rauchende Herr Kanzleioffizial den besonnten Dächern und Türmen einen Gruß hinunter.

Eine Weile später fragte sich Herr Blümel, ob ein junges selbstständiges Weib, das selbst Geschäftsbücher zu führen hatte, mit der gleichen Vergesslichkeit, Flüchtigkeit, Verantwortungslosigkeit im Wartenlassen behaftet sein könnte wie der Durchschnitt allgemeiner Weiblichkeit?

Die Verwechslung zwischen Schatten und Sonnenseite war noch nicht vergessen von Herrn Blümel. Obwohl manches dazwischen lag.

Es war immerhin möglich, dass solcher, auf eigene Tüchtigkeit angewiesene Mensch, ungeachtet seines Geschlechts, beispielsweise behalten hatte, dass man seinen Wunsch nach landschaftlicher Schönheit auf diesen Park hier hingelenkt hatte.

Herr Blümel blickte nicht nur auf Wien. Jeder Schritt, der hörbar wurde, ließ ihn den Kopf wenden.

Wer deshalb vermutet hätte, dass der Herr Kanzleioffizial auf jemanden wartete, irrte sich.

Herr Josef Blümel hielt Warten für die ungesundeste Betätigung. Die er niemals übte.

Es wäre auch lächerlich, wollte man von jedem, der sich im Weltall umblickte, annehmen, dass er warte. Beinahe jeder wäre hier der Verdächtigung ausgesetzt.

Verdrießlichkeit überrumpelte unversehens Herrn Blümel. Er hatte plötzlich denken müssen, ob vielleicht wirklich jeder wartete? Auch er selbst? Vielleicht führt das gesündest geführte Leben nur darum so sicher in den Tod, weil es ein beständiges Warten war auf Dinge, die niemals kamen.

Sitzen verdickt das Blut und erzeugt Melancholie. Herr Blümel verließ eilig das Schattengrün der Taxushecken und begann auf und ab zu gehen.

Überall, wohin er blickte, brannte die Sonne auf helle Mädchenkleider.

Heute missfiel ihm diese Mode. Ihre Gleichmäßigkeit machte alle junge Weiblichkeit einander ähnlich. In völlig Fremden glaubte man, Bekannte zu erkennen. Ebenso gut konnten Wohlbekannte glatt übersehen werden von jemandem, der weder gewohnt noch gewillt war, jeder Dame unter den Hut zu sehen.

Berechtigung dieses Ärgers zeigte sich bald. Zwei Damen riefen Herrn Blümel zu, warum er zu stolz zur Begrüßung?

Es waren seine Hauswirtin und ihre Tochter Jolanthe. Damen, begütert, gebildet. Nur die Unordnung dieser Zeit, die den Hohlraum bilden musste zwischen einem großen Kriege und neuer Festigung zu frischem Aufbau, hatte es mit sich gebracht, dass dem Herrn Kanzleioffizial ein Zimmer in der Wohnung dieser Damen zugeteilt wurde.

Herr Blümel wusste, was einem Aufgezwungenen zukommt. Er beschränkte sich auf kurze Verbeugungen, vermied nach Möglichkeit die Benutzung gewisser Nebenräume, kurzum, benahm sich so sachlich zurückhaltend als möglich.

Die Damen hatten Herrn Blümel bisher in nichts ermuntert, aus dieser Zurückhaltung herauszutreten.

Hier auf dem neutralen Gebiet der Schlossterrasse, wo jeder Wiener heimatberechtigt war, scherzten sie mit dem Herrn Kanzleioffizial wie einem guten Freund.

Herr Blümel wurde mit ihrem Begleiter bekannt, einem jungen Herrn, der bald berichtete, dass er Weinberge am Donauufer verpachtet hätte.

Außerdem schien er Fräulein Jolanthe zu studieren. Er blickte ihr mit viel Geschicklichkeit in die Augen, so oft sich dies ermöglichen ließ.

Fräulein Jolanthe lächelte in solchem Augenblick Herrn Blümel an.

Zuerst glaubte sich Herr Blümel, zu irren.

Schließlich konnte er diese Tatsache, bewiesen durch häufige Wiederholung, einwandfrei feststellen.

Bevorzugung von weiblicher Seite konnte für Herrn Blümel kein Wertmesser sein.

Wenn sie in diesem Fall doch eine kleine Zufriedenheit auslöste, geschah es aus rein praktischen Gründen.

Nicht, dass sich Herr Blümel etwa sagte, wer der einen gefällt, kann auch den Beifall einer anderen finden. Wie sich das allgemein und häufig beobachten lässt.

Herr Blümel nahm diese Auszeichnung der Damen nur als Bestätigung, dass sein neuer Frühlingsanzug ein günstiger Kauf gewesen sein müsse. Er nahm es als Beweis dafür, was ihm schon der Verkäufer versichert hatte, dass sich der modische Schnitt, das helle Grau vorteilhaft ausnahmen, seiner Figur die Eckigkeit raubten, verjüngend wirkten, geradezu elegant. Obwohl es sich natürlich um einen Gelegenheitskauf handelte, ausgeführt in einer Seitengasse der äußeren Vorstadt.

Herr Blümel blickte darum weder auf das jugendfrische Fräulein Jolanthe, noch auf ihre in Reife blühende Frau Mutter, sondern auf den Anzug, ebenfalls hellgrau, des mit Weinbergen Begüterten. Wie viel mochte dafür bezahlt worden sein? Sicherlich um die Hälfte zu viel. Auch die flottesten Beinkleider können schließlich nur eine Bügelfalte haben.

Überall ließen sich die Menschen betrügen. Ausnahmen waren selten. Deutlich erblickte sich der Herr Kanzleioffizial selbst gespiegelt im Wasserbecken des Brunnens, der hoch in den Weltenraum sprühte.

Herr Blümel, freudebelebt, konnte sich nicht versagen, seine Begleitung darauf aufmerksam zu machen.

Aber jeder sah nur sich selbst im spiegelnden Wasser.

So ist es bei den meisten, dachte Herr Blümel. Ob sie ins Wasser sehen oder in die Luft, sie bemerken immer nur sich selbst.

Auch darin glaubte Herr Blümel Ausnahme zu sein, wieder mit Recht.

Denn Herr Blümel gewahrte jetzt eine Bekannte und vergaß sich selbst so weit, dass er sogar den Gruß der Höflichkeit unterließ.

Fräulein Konstanze Krause war rasch an Herrn Blümel vorübergeschritten, an den scherzenden Damen und dem lächelnden Weinbergbesitzer.

Sie ging nicht allein.

Neben ihr wandelte, lang wie ein Kirchturm, daher selbst diese hohe Blonde überragend, eine jener männlichen Gestalten, deren gerader steifer Rücken nur als Rüstung des Hochmuts zu bezeichnen war. Einer von denen, deren Evangelium der Sport ist. Jene Art von Menschen, die nie warten. Die stets kurz vor Schluss der Schalterstunden, nie früher als eine halbe Minute vor Abfahrt eines Zuges kommt und weder unruhig noch mit dem Höflichkeitslächeln der Entschuldigung. Gegenstück und natürliches Ärgernis jedes Beamten.

Kein Wunder, dass sich Herr Blümel auch hier gereizt fühlte.

Genaue Betrachtung zeigte noch weizenblondes Haar unter blauer Sportmütze, blaues Jackett und weiße prall sitzende Beinkleider.

Eine Bekleidungsart, in der Herr Blümel niemals einer Dame seine Begleitung zugemutet haben würde.

Weiße Beinkleider hielt Herr Blümel für weibisch, unpraktisch und auch sonst nicht für anständig.

Seine Kollegen, besonders die jüngeren, diese Meinung nicht teilend, hatten wiederholt um Begründung dieser strengen Beurteilung aufgefordert.

Herr Blümel hatte nähere Äußerungen zur Beweisführung abgelehnt. Nur geantwortet, dass es Dinge gäbe im menschlichen Leben, wo allein Instinkt Nichtiges einzugeben vermöge. Wer aber findet Recht und Verständnis bei Kollegen?

Dies alles nur nebenbei. Im Augenblick überlegte Herr Blümel nur, wie er feststellen könnte, ob er sich als gescheit und kombinationsfähig ansehen dürfe?

Er hatte sich nämlich gesagt, dass dieser Hochmütige niemand anders sein könne als Herr Udo von Silken, einmal von Fräulein Konstanze flüchtig erwähnt während eines Walzers im Schönbrunner Park.

Sie hatte von diesem Herrn gesagt, auf Adel reime man leider heute Tadel. Dazu geseufzt.

Herr Blümel hatte daraus geschlossen, dass sich geschäftliche Verdrießlichkeiten an diesen Herrn knüpften.

Nichts natürlicher also, als dass Herr Blümel sein Vermutungsvermögen gern auf die Probe gestellt hätte und darum Fräulein Konstanze zu begrüßen suchte.

Nur, um dadurch die Bekanntschaft des Weizenblonden herbeizuführen und dadurch wiederum feststellen zu können, in welcher Eigenschaft dieser mit Fräulein Konstanze in Wien herumzuspazieren beliebte. Alleinstehende müssen Menschenkenntnisse zu sammeln suchen, wo sie sich bieten.

Das blonde Paar hatte plötzlich kehrtgemacht und schritt nun auf die Menschengruppe zu, in der Herr Blümel nachdenklich stand.

Auf diese rasche Wendung war Herr Blümel nicht vorbereitet. Er hatte weder Zeit gefunden, sich von den Damen zu verabschieden, noch sich Worte der Begrüßung zurechtzulegen.

Zu alledem kam hinzu, dass gerad im Augenblick des Vorüberkommens jener beiden Fräulein Jolanthe neckisch, die plötzliche unverständliche Zerstreutheit des Herrn Kanzleioffizials verspottend, ihn mit dem Zeigefinger ihres weißen Handschuhs auf die Schulter tippte.

Weibliche Intimitäten, noch dazu offensichtlich am hellen Tage, mussten auf Herrn Blümel mehr als peinlich wirken.

Ob Fräulein Konstanze diese Bewegung bemerkt, war nicht gewiss. Ihr kühler, klarer Blick barg sich im Schutz der langen Wimpern wie hinter einem Vorhang.

Fräulein Jolanthe hatte inzwischen die gleiche Handbewegung an dem jungen Weinbergbesitzer verübt.

Herrn Blümel verhalf dies zu rascher Verabschiedung. Äußerlich lächelte er, solang ihn die Damen im Auge hatten.

Alle diese Vorkommnisse verwirrten Herrn Blümels Zielsicherheit. Er unternahm erst einige Schritte in verkehrter Richtung, eilte zu spät dem Ausgang zu.

Fräulein Konstanze und ihr Begleiter waren nirgends mehr zu sehen.

Neue Fragen bedrängten Herrn Blümel. Hatte ihn die junge Dame gesehen? Hatte die Unterlassung des Grußes von seiner Seite Beleidigung verursacht? Hatte man ihn nicht sehen wollen, hatte man absichtlich zu zeigen gewünscht, wie wenig ein Kanzleioffizial zu bedeuten hatte im sommerbelebten Weltall?

Fragen, die man an sich selbst stellt, kann man sich auf das Beruhigendste beantworten. Herr Blümel machte von diesem Vorteil ausgiebigen Gebrauch. Aber leider glauben wir uns selber am allerwenigsten ...

*

Herr Blümel war wieder in seinem Zimmer. Dies dünkte ihm jedoch nicht mehr die sichere Burg, die es ihm bisher gewesen.

Nach dem heutigen Nachmittag war es nicht mehr unmöglich, dass an seine Tür geklopft wurde, dass ihm die Damen des Hauses Einladungen, Aufmerksamkeiten, Anfragen zukommen ließen. Kurzum, dass damit begonnen wurde, seine Ruhe zu unterminieren.

Herr Blümel überlegte, ob wir überhaupt leben können, wie wir wollen? Ob unsere Handlungen, unsere Wünsche nicht von unserer Umwelt bestimmt werden?

Herr Blümel versuchte jedes Hüsteln, Räuspern, ja beschleunigtes Atmen zu unterdrücken, um seine Anwesenheit zu verbergen, somit jedem Störungsversuch von außen vorbeugend. Sozusagen inkognito im eigenen Zimmer zu sitzen.

Denn er wünschte, ungestört nachdenken zu können.

Aber merkwürdig genug, der ganze Mensch mag noch so nachgiebig sein, kein Teil seines Körpers lässt sich etwas befehlen, was er selbst nicht will.

Herrn Blümels Kehle hatte Laune, gerade heute zu kitzeln, kratzen, ihren Besitzer zum Räuspern zu zwingen.

Kein Unterdrückenwollen überwältigte ihren hartnäckigen Willen.

Herr Blümel konnte sich nur dadurch helfen, dass er gleichzeitig den Fensterflügel knarren ließ und also diesen zu verdächtigen suchte, Urheber dieses Geräusches im leeren Zimmer zu sein.

Diese Doppelbetätigung behinderte natürlich die Nachdenklichkeit.

Herr Blümel musste überlegen, was zu unternehmen sei, um endlich wieder auf den geordneten Gang seines Lebens zurückzukommen, äußerlich wie innerlich.

Zum äußeren Gleichmaß hätte es gehört, dass er um diese Stunde im oder vor dem Café am Graben anzutreffen gewesen wäre, um sich durch Zeitungslektüre um den Betrieb der Welt zu kümmern. Über verschiedene Vorkommnisse würde man heute Weiterführung oder Aufklärung erhalten. Da war der kleine nette Skandal in der Oper zwischen den zwei berühmten Kolleginnen, die sich im Kostüm der Walküren gegenseitig ein wenig angespien hatten. Sicher oder wenigstens sehr möglich, dass die Zeitungen heute schon Gewissheit brachten, welche von beiden den edlen Wettkampf begonnen hatte. Das war eine Frage, die im Augenblick ganz Wien beschäftigte. Worauf Wetten geschlossen wurden in Büros und Kanzleien. Denn mit seinen großen Künstlern glaubt der Wiener, Bescheid zu wissen.

Außerdem hatte es in Japan wieder ein Erdbeben gegeben. Grauenhafte Einzelheiten darüber sollten heute in einer Extrabeilage gebracht werden. Dann war die Geschichte des leergefundenen Sarges auf dem Währinger Friedhof, die auch noch ihrer Aufklärung harrte.

Gar nicht zu reden von der Politik aller europäischen Staaten, die wieder einmal dem amüsantesten Schachspiel nichts nachgab.

Der Herr im fleckigen Bratenrock fraß sich gewiss längst durch alle köstlichen Neuigkeiten durch. Ungestört. Er würde triumphieren, sähe er den Herrn Kanzleioffizial hier sitzen, mit nichts beschäftigt, als Fensterflügel windbewegt knarren zu lassen.

Und warum das alles?

Hatte sich Josef Blümel Selbstvorwürfe zu machen? Oder war er Opfer seiner Umwelt? Deutlicher gesagt, Opfer allzugroßer Lebhaftigkeit verschiedener Femina?

Warum hatte sich Fräulein Konstanze Krause damals unaufgefordert von irgendjemandem an den gleichen Tisch gesetzt, den der Kanzleioffizial sich mit Kennerblick ausgewählt hatte?

Warum hatte sie diesen Platz wählen müssen?

Warum?

Hatte sie besonderes Vertrauen zu diesem einzelnen Herrn gehabt? Oder hatte sie ihn für unbedeutend, für ein Nichts genommen, wie wenn sie sich einen leeren Tisch zu eigen machte? Oder hatte Sympathie unbewusst ihre Schritte geleitet? Wie das vorkommen soll. Wenn Herr Blümel auch nicht daran glaubte.

Herr Blümel fühlte Mattigkeit, er bemerkte, dass ihm der Kaffeetrunk, gewohnt, belebend fehlte.

Sollte er doch noch das Café aufsuchen, wenn auch verspätet?

Herr Blümel ertappte sich bei der schreckhaften Möglichkeit, Fräulein Konstanze wieder neben dem langen Weizenblonden begegnen zu können.

Er glaubte, jede persönliche Ursache bei dieser Empfindung des Unwillens ausschalten zu können. Sie war auf nichts anderes zurückzuführen als auf angeborene Gegensätzlichkeiten. Kontrast zwischen Parademarsch und Schubertlied ...

Bei dieser Überlegung bemerkte Herr Blümel ein kleines Paketchen, bisher übersehen, vor sich auf dem Tisch.

Zufolge des zufälligen Erinnerns an Fräulein Konstanze im gleichen Augenblick, glaubte er zuerst, es könne sich um eine Sendung von Fräulein Konstanze handeln. Gedanken nehmen auch bei Klardenkenden unverhütbar vollkommen unmotivierte Seitenwege. Man könnte dies Gedankenlosigkeit der Gedanken nennen.

Erst nachdem der Herr Kanzleioffizial mit verschiedensten Vermutungen, welcher Art weiblicher Neckerei, Aufmerksamkeit, Anspielung, Überraschung dies Päckchen bergen mochte, viel überflüssige Zeit verloren hatte, überzeugte ihn energisches Zugreifen, dass es sich um etwas handelte, das er selbst dorthin gelegt.

Es war die Streichholzschachtel, die er sich heute Morgen dort zurechtgelegt hatte, um sie nachmittags umzutauschen. Sie war, obwohl voll bezahlt, mangelhaft gefüllt. Sie enthielt siebenundfünfzig Hölzer, anstatt der vorgeschriebenen Zahl Sechzig.

Es war erstaunlich, wie wenig Menschen sich bewusst waren, wie viel Zündhölzer eine normale Streichholzschachtel zu enthalten hatte. Und wie wenig von diesen wenigen sich die Mühe nahmen, die Schachtel auf ihre Vollständigkeit zu revidieren. Auf solchen Leichtsinn aber baut der Spekulant. Diese Flüchtigkeit ist es, die den Schwindlern Häuser errichtet. Diese Trägheit, diese Bequemlichkeit mästet die Unredlichkeit. Diese Faulheit bringt den Fleiß Ehrlichgewillter zur Fäulnis.

Erregung steigerte sich in dem Herrn Kanzleioffizial bei diesen Feststellungen. Er fühlte, dass er eine Mission zu erfüllen habe.

Rasch erhob er sich, griff die Schachtel und ging dem Zigarrenladen zu, wo er sie gestern gekauft hatte.

Der Ladeninhaber, Herr Feigl, kannte die Gewohnheiten des Herrn Kanzleioffizials, ohne sich darüber zu erregen. Man muss die Kunden nehmen, wie sie sind. Bei sich selbst gab er es zu, Querulanten sind es, die die Konkurrenz anschüren, die Qualität auf gleicher Höhe zu halten, wenn nicht zu steigern.

Ohne Umstände zu machen, wechselte er die Schachtel aus, versichernd, dass, wenn auch diese mangelhaft gefüllt, er zu weiterem Umtausch jederzeit bereit. Nur die bedauernde Bemerkung gab er als Beigabe, dass er selbst durch andere Geschäfte verhindert sei, selbst alle Streichholzschachteln durchzuzählen.

Und gesellte, als der Herr Kanzleioffizial gleich im Laden die Durchzählung vornahm, noch die Nachdenklichkeit hinzu, dass es doch gut wäre, dass es Junggesellen gäbe. Sie hielten die Genauigkeit, die Korrektheit auf der Welt instand. Bewahrten die Pedanterie vor dem Aussterben. Ein Ehemann, der vergaß bald Sehen und Hören für solche Einzelheiten. Wer drei oder vier Köpfe zu erhalten hat, verliert den eigenen. Das wäre eins der merkwürdigen Rechenexempel des Bürgerlebens.

Diese Worte verdrossen Herrn Blümel. Was berechtigte diesen fremden Menschen, Herrn Blümel als lebenslänglichen Junggesellen abzustempeln? Konnte Herr Josef Blümel nicht schon in wenigen Wochen ebenso gut ein Ehemann sein, wie es so viele andere waren? Bildete sich dieser kleine, runde Ladeninhaber ein, dass der Herr Kanzleioffizial nicht imstande wäre, Eindruck auf Frauen zu machen, dass er, als Bewerber eines schönen Mädchens, unweigerlich abschlägigen Bescheid erhalten würde?

Erst als Herr Blümel dreiundsiebzig Zündhölzer in einer Schachtel gezählt hatte, merkte er über dieser Unmöglichkeit, dass seine Gedanken wieder auf Nebensächliches abgewichen waren.

Nicht oft genug kann vor Gedanken gewarnt werden. Selbst im Ordentlichsten treten sie derartig massenhaft auf, dass er ihrer nicht dauernd Herr werden kann. So hatte auch Herr Blümel vergessen, dass er selbst dem Sprecher vor ihm erst kürzlich versichert hatte, dass er sich niemals selbst halbieren würde, indem er sich zur Hälfte eines Paars machen würde.

Unsere Mitmenschen erinnern sich unserer eigenen Worte genauer als wir selbst. Darum kennen sie uns auch besser, als wir selbst in uns Bescheid wissen ...

Herrn Blümels verdrießliche Blicke verfingen sich am Telefon.

Wie, wenn er sich jetzt mit Fräulein Konstanze verbinden ließ? Nur um diesem rechthaberischen Tropf von Ladeninhaber zu beweisen, dass auch Junggesellen andere Zerstreuungen kennen, als Streichhölzer abzuzählen, rhythmischen Gründen ausgeprägten Ordnungssinns folgend?

Außerdem berechnete Herr Feigl seinen Kunden keine Ferngespräche.

Nachdem Herr Blümel die Nummer des Hotels gerufen, räusperte er sich stark.

Ohne eitel zu sein und nicht etwa, um einen besonders wohllautenden Stimmeindruck zu machen.

Er hielt es für seine Pflicht darauf zu achten, sich nicht mit heiserer Stimme an Mitmenschen zu wenden, die man durch den telefonischen Anruf gewissermaßen zu einem Gespräch zwang.

Rücksichtnahme ist ein Luxus. Sie wirft keinerlei Gewinn ab im scharfen Lebensgang.

Der Portier des Hotels, mit der Stimme abgenutzter Mechanik, rief auf die wohllautende, leise, doch präzis hörbar gesprochene Frage kurz und schnell zurück, dass Fräulein Krause soeben abgereist wäre.

»Allein?«, rief der Herr Kanzleioffizial wieder zurück.

Seine Stimme, Unbeachtetheit nutzend, klang nun doch heiser, total heiser.

Keine Antwort kam zurück.

Nicht viele glauben so genau zu wissen, wann Verbindungen zu unterbrechen sind, wie ein gutgeschulter Hotelportier ...

*

Wissen gibt Sicherheit. Herr Blümel hätte sich unbesorgt vor unliebsamen Begegnungen Café und Zeitung zuwenden können.

Merkwürdigerweise war ihm jedoch jetzt gleichgültig geworden, was sich in Japan Entsetzliches begeben hatte. Selbst naheliegende Neuigkeiten, wie den Kampf der Sängerinnen, glaubte er entbehren zu können.

Schließlich verfügten wohl alle diese Leute über Nahestehende, die mit ihrem Schicksal verknüpft waren und deren Pflicht es war, sich um sie zu kümmern.

Der Lindenduft heute Abend war unerträglich. Diese gesteigerte Süßigkeit der Luft drängte sich in alle Blicke und Bewegungen. Der Zuckergeschmack des Blütenduftes legte sich auf die festverschlossensten Lippen.

Lächerlich, aber man wurde gezwungen, an zärtliche Berührung verschiedenster Art zu denken.

Im Stadtpark perlten zudem Wiener Walzertakte, vortrefflich gespielt.

Blümel, der Wiener, bedurfte solcher Abendmusik wie der Münchner seines Bierschoppens.

Heute dünkte ihm dies alles zusammen beinah zu viel.

Er fühlte sich einsam.

Vor wenig Wochen noch hätte der Herr Kanzleioffizial jeden für närrisch gehalten, der ihm zu sagen gewagt hätte, er könne sein Alleinsein einmal bedauern.

Immerhin durfte sich Herr Blümel zu seiner Rechtfertigung sagen, dass er sich dieser Schwäche voll bewusst war. Obendrein mutig genug war, sich selbst die Schuld daran zuzuschieben. Fehler, die man einsieht, sind halbe Fehler.

Jedoch musste sich Herr Blümel eingestehen, dass gerad aus halben Sachen gern ganzes Unglück entsteht.

Ein Mann seiner Gesinnung, von seinen Grundsätzen hätte jeder weiblichen Bekanntschaft aus dem Weg gehen müssen, ohne Ansehen der Persönlichkeit.

Wie er es bisher durchgeführt hatte. Für Pflichtmenschen darf es keine Ausnahmen geben. Ausnahmen sind Selbstbetrug. Jeder Betrug jedoch untergräbt die Ruhe und somit die Lebenskraft.

Denn alle Gespräche wirken nach. Selbst wenn sie im Freien geführt worden und sofort vom leichten Sommerwind verweht schienen. Sie leben, wirken, wachsen weiter. Kein Hauch, keine Bewegung im Weltall ohne Nachwirkung. Wer das weiß, wer sich dessen bewusst geworden, hätte nicht so leichtsinnig handeln dürfen, wie es sich Herr Blümel jetzt vorzuwerfen hatte.

Bei gleichem Walzerklang hatte Fräulein Konstanze behauptet, dass alle Kinder schön wären.

Diese Worte wehten wieder hervor in dem Lindenduft. Herr Blümel konnte nichts daran ändern. Vor Naturgesetzen muss jede Tatkraft haltmachen.

Herr Blümel, solchem Zwang gehorchen müssend, fühlte sich genötigt, über Fräulein Konstanzes Behauptung nachzudenken.

Er überlegte, ob es nicht Pflicht eines nach Ehrsamkeit, Vervollkommnung Strebenden wäre zu versuchen, einer Vaterstadt, die als Kleinod der Kultur galt, tadellose Mitbürger zu schenken.

Ein Sohn, in die Welt gesetzt, mit männlich reifer Überlegung und bei vollem Bewusstsein, würde vielleicht eines jener nützlichen, förderlichen, notwendigen Individuen werden, wie sie die Welt stets dringend benötigt, zumal die einer alten Kultur.

Vielleicht lohnte es sich; die Masse der kleinen Sorgen aufzuladen, um ein Geschöpf aufwachsen zu sehen, das alle Vorzüge besaß, die man sich selbst gewünscht hatte. Stattliche Figur, Kühnheit in Wort und Blick, Sicherheit im Reisen, Raschheit des Entschlusses im Umgang mit jedermann. Einer von denen, die durch die Spiegeltüren der Luxusgeschäfte so geschickt und vertraut aus- und einzugehen verstehen wie der Fromme durch die Dompforten. Einer, der zu Haus im tiefen Sessel sitzt, im flauschigen oder seidenen Hausrock, je nach der Jahreszeit, und der niemals erfährt, wie leicht ein bis zur Fadenscheinigkeit gebürsteter Beamtenrock Staub annimmt und allmählich eng wird wie eine Zwangsjacke.

Solch Liebling des Geschicks vermochte möglicherweise auch einer von jenen zu werden, die auf den Feldern der Kunst und Wissenschaft blühten. Auch solche wuchsen schließlich nicht aus dem Erdboden. Im Gegenteil, sie entstammten oft recht bescheidener Herkunft. Jede Zeitung brachte täglich Beispiele davon.

Wenn sich Herr Blümel nicht irrte, leitete man im Allgemeinen Spezialeigenschaften des Genies vom Wesen der Mutter her.

Trotz Geringschätzigkeit aller Weiblichkeit wollte sich Herr Blümel dieser Möglichkeit nicht verschließen.

Im besonderen Ausnahmefall. Für die Entwicklung der Nachkommenschaft zu sorgen, war nun einmal eigenstes Gebiet der Frau. Hier war sie sozusagen als Fachmann hinzunehmen.

Der Walzer verklang. Die Luft wurde kühler, Tau schluckte dem Blütenduft die allzu große Weiterwirkung fort.

Herr Blümel sagte sich, dass er dieses Vaterproblem nur rein theoretisch mit sich erörtert hatte.

Ein Lokomotivenpfiff fegte den zarten Nachklang der Dreivierteltakte scharf hinweg. Der aufdringliche Ton durchschnitt Herrn Blümels Grübelei. Aber er zwang auch seine immer bereite Nachdenklichkeit dazu, ganz unfreiwillig an Reisende zu denken und damit schließlich an das die Sommernacht durchfahrende Fräulein Konstanze. Reiste sie allein? Falls dem Weizenblonden Begleitung gestattet war, würde er sich gewiss korrekt benehmen. Vermutlich aber auch mit aller kavaliermäßigen Übertreibung der Höflichkeit, die auch von Frauen ernster Anschauung leider übermäßig geschätzt wurde.

Die Musik hatte wieder eingesetzt. Ein einzelnes Waldhorn spielte: »Ach, wer doch so mitreisen könnte in der herrlichen Sommernacht.«

Niemals hatte Herr Blümel so deutlich bemerkt, welch plumpes Instrument das Waldhorn war. Wie begrenzt seine Taktmöglichkeiten.

Dieses Geblase trieb Herrn Blümel immer weiter aus dem Stadtpark fort, schließlich über die Donaubrücke dem Prater zu.

Erst als es zu spät war, wurde er sich bewusst, dass er vom Regen in die Traufe gekommen. Hier tobten die grellen Orgeln der Karusselle, Rutschbahnen und Schaukeln in ungehörig zusammengeschweißten Tonsprüngen wildverschlungen durcheinander.

Erst einmal hier ungewollt dazwischen, war es kein Wunder, dass sich Herr Blümel der tätowierten Dame im perlenverhangenen Zelt erinnerte.

Wie das so ist, sie wurde Herrn Blümel sogar zum Probefeld seiner Gedächtnisprüfung. Herr Blümel wunderte sich wieder selbst einmal, wie wenig leichtsinnig er veranlagt war. Denn das einzige, was ihn im Augenblick mit diesem verfänglichen Feld beschäftigte, war die Selbstprüfung, wieweit sich sein trainiertes Gedächtnis auf die einzelnen Tätowierungen festgelegt hatte. Sich ihrer erinnerte, klar und bestimmt in der Zeichnung an sich wie auch insbesondere der Körperteile, an denen sie angebracht waren.

Er stockte plötzlich nicht ohne Erschrecken. War die Kraft seines Gedächtnisses im Abnehmen? Er wusste plötzlich nicht mehr, ob der merkwürdige Anker mit Pfeil und Stern sich unter der linken Achsel befunden hatte oder unter der rechten?

Er konnte nur hoffen, dass der Grund dieser Gedächtnisschwäche in der Gleichgültigkeit lag, die er dieser Unwichtigkeit beigemessen hatte.

Immerhin, ein Mann der Gewissenhaftigkeit muss alles, was er gesehen und was er erlebt, so genau wissen, dass er es beschwören könnte.

Einmal im Zweifel an seinem Wissen foltern, bohren, zwacken ihn Nachdenklichkeit, Ungewissheit, es zu versuchen, selbst mit Opfern zu erlösender Genauigkeit zurückzufinden.

Rettungspflicht gegen sich selbst zwang ihn, die Unwissenheit des Halbwissens gegen exakte Zweifellosigkeit einzutauschen, wo es die Möglichkeit dazu gab.

Und die war da. Herr Blümel war zufällig direkt vor das Zelt geraten.

Gerad wurde die tätowierte Schöne einen Augenblick lang, verschleiert, sichtbar hinter schnell zurückgeschlagener und wieder niederfallender Zeltwand. Während ein Tamtam derart ungehörig lautschmetternd geschlagen wurde, dass man die eigene Wirbelsäule sich wie einen Schlangenleib schlängelnd zu fühlen glaubte.

Der Anpreiser, vorm schmalen Zelteingang mit Türkenmütze und Schärpe breitbeinig aufgepflanzt, rief, dass nur die schönen Damen hereinzuspazieren brauchten. Wenn Eva vorangehe, folge Adam nach.

Darüber ärgerte sich Herr Josef Blümel ernstlich.

Dieses herabgekommene Individuum von Marktschreier setzte wieder einmal die ganze Männlichkeit herab, zugunsten dieses sogenannten schönen Geschlechts.

Ein wahrer Mann braucht keine weiblichen Vorbilder. Weder bei großen Entschlüssen noch bei kleinen.

Resolut und aufrecht schritt der Herr Kanzleioffizial, die Perlenstreifen teilend, in das Zelt hinein als erster und einziger.

Moschus und Tätowierung mischten sich hier zu merkwürdigem Dunst.

Der Herrn Blümel anekelte.

Dafür erfreute er sich jedoch bald der Erleichterung, feststellen zu können, dass sich seinem Gedächtnis noch nicht die geringste Verminderung nachsagen ließ.

Der Anker mit Pfeil und Stern befand sich genau an der Stelle, wo ihn der Herr Kanzleioffizial gemutmaßt hatte.

Die Tätowierte war kitzlich. Ein bekanntes Merkmal für Unbeherrschtheit des Weibtums. Aber Herr Blümel, beeifert von seinem gewissenhaften Feststellungswunsch, ließ sich weder beirren noch hindern. Doch achtete er diesmal auf seine Brieftasche.

Als er das Zelt verließ, sagte er sich, wenn ich manchmal tue, was viele andere tun, so tue ich es weder aus Frivolität noch Gewohnheit, sondern aus Gründen der Hygiene sowohl wie denen des Mitleids und der Nächstenliebe. Und auch dies, nur bezwungen von zufälligen Umständen, also nicht aus eigenem, freiem Willen ...

Am andern Morgen fand der Herr Kanzleioffizial Blümel einen neuen jungen Beamten in das gewohnte Viereck der Kanzlei gerückt.

Herr Blümel, Feind jeder Art von Veränderung und heute Morgen nicht ganz unbelastet in der privatesten Abteilung seines Gewissens, prüfte den Neuling scharf.

Er war bedeutend jünger als Josef Blümel. Steckte in ihm der vorzeitige Nachfolger?

Josef Blümel blickte noch schärfer.

Der Neue nannte seinen Namen und fügte reichlich viel Verbeugung hinzu.

Damit war weder viel gesagt noch getan.

An Namen war nur bemerkbar, dass der Höfliche den gleichen Rufnamen mit Josef Blümel teilte.

Herr Blümel musste plötzlich an Josef I., Josef II. denken, an Kaiser und Könige, die hintereinander regierten, die einander ablösen mussten, ob der vordere wollte oder nicht.

Jedes Mal, wenn Josef Blümel in das Café am Graben ging, versagte er es sich nicht, den kleinen Umweg um die Kapuzinerkirche zu nehmen, in deren Gruft vierundvierzig Kaiser und Kaiserinnen, Erzherzöge und Erzherzoginnen ruhten, darunter die große Maria Theresia. Was hatten sie nun von ihrer Herrlichkeit? Josef Blümel war nur Kanzleioffizial, bescheiden im Budget, aber er lebte. Unerhört wohltuend war es bei solcher Feststellung, die Beine zu großen Schritten zu bewegen, in das Café zu treten, den Duft der braunen Wunderbohne schon vorschmeckend einzuatmen.

Beim Durchblitz solcher Rückbezüglichkeiten hatte Josef Blümel am linken Ringfinger des Neuen den glatten

Goldreif bemerkt, der in seinen Augen jeden Mann entmännlichte.

Dieser schmale Goldstreifen war vielsagender als Namensnennung, Lächeln und Verbeugung. Er verriet Herrn Blümel, dass, der ihn trug, hartnäckig, rücksichtslos, eisenfest nach Titel, Beförderung, Besoldungsverbesserung strebte. Dass nach jedem Büroschluss auf ihn die Frage aus weiblichem Munde lauerte: »Nun?«

Auch Lächeln kann Drohung sein.

Aber Blümel war nicht der Mann, der sich mit seinem Erkennungsvermögen wichtig machte. Er ließ diesen zweiten Josef nichts von seiner Beobachtungskraft spüren.

Im Gegenteil, er erwiderte dieses Lächeln. Erhöhte den Wert heimatlicher Liebenswürdigkeit sogar noch durch einige verbindliche Begrüßungsworte und widmete sich dann seiner Pflicht.

Diese Überwindung ließ ihn bedenken, wie einsam, armselig ein Mensch sei. Er lächelt selbst denen zu, von denen er weiß, dass sie einmal seinem Leichenbegängnis beiwohnen werden, in Besorgnis, sich dabei zu erkälten und beschäftigt mit allen Ansprüchen des Lebenden.

Wehmut beschlich Herrn Josef Blümel. Ihm wurde fast übel. Er musste den Kognak aus dem Wandschrank nehmen und ein Gläschen trinken.

Obwohl er das Lächeln der Kollegen hinter seinem Rücken fühlte.

Das gehörte auch zu den merkwürdigen Widersprüchen des Menschenlebens. Jeder belächelt den andern. Und jeder hat eigentlich recht.

Diesen Einfall hätte Herr Blümel nicht ungern Fräulein Konstanze übermittelt. Sie war eine gescheite Person. Es wäre aufmunternd gewesen, zu erfahren, ob auch sie schon diese Beobachtung festgestellt und welchen Standpunkt sie solchen Wahrheiten gegenüber einnahm.

Über Klugheit musste man sich freuen, wo man sie fand. Eine gescheite Frau durfte man nicht kurzweg mit weiblich abtun. Wenigstens nicht der gerechte geradsinnige Mann, für den sich der Herr Kanzleioffizial zu halten berechtigt fühlte.

Der schmale Neuling mit dem Goldring benutzte die Frühstückspause, um die Handschrift des Herrn Kanzleioffizials zu rühmen.

Lob ist ein Nichts. Herr Blümel wusste, dass es nichts an Menschen, Dingen und Tatsachen zu ändern vermochte. Sie sind, was sie sind. Auf dieser Nichtigkeit beruht es wohl, dass Lob niemals übel wirkt, selbst wenn es aus zahnfauligstem Mund kommt.

Diese Schmeichelei wirkte also auch auf Herrn Blümel weder abstoßend noch wohltuend. Die Exaktheit seiner Handschrift war dem Herrn Kanzleioffizial durchaus bekannt. Das erneute Hervorheben dieses Vorzugs brachte ihn jedoch auf die naheliegende und darum so sehr übersehene Möglichkeit, dass man Fragen an Entfernte handschriftlich stellen könne. Dass man sich auf diese Weise sogar vieles mitteilen könne, das mündlich schwieriger zu sagen wäre, weil man sekundlich Widerrede erwarten konnte.

Zumal Herr Blümel bei aller Separatachtung vor Fräulein Konstanze nun doch noch nicht überzeugt war, ob nicht auch sie plötzlich von der Sprachgewandtheit aller Weiblichkeit Gebrauch machen könnte.

Es bedurfte nur des Erinnerns an Fräulein Jolanthe und ihre Frau Mutter gestern im Park von Belvedere. Was war nicht alles geschwatzt worden. Das ganze Weltall mit allem Zubehör, mit allen seinen Daseinsmöglichkeiten, war zwischen diesen gepflegten, goldplombierten Damenzähnen zum Ragout vermengt worden während des kurzen Zusammentreffens.

Zurückbesinnen auf jene Minuten brachte Herrn Blümel wieder ins Gedächtnis, dass ihn Fräulein Konstanze mit diesen beiden Damen gesehen hatte und der Mangel einer Begrüßung seinerseits ernste Beleidigung verursacht haben könnte.

Herr Blümel war kein Weiberknecht, aber Wiener genug, um keine Frau beleidigen zu wollen.

Es wurde ihm jetzt klar, dass es seine Pflicht war, an Fräulein Konstanze zu schreiben.

Allerdings, Fräulein Konstanzes Wohnung in Berlin war ihm unbekannt. Doch konnte diese vermutlich durch Fräulein Steffi Pichler in Erfahrung gebracht werden.

Trotzdem würde Herr Blümel, allein um seiner Ritterpflicht gegen Fräulein Konstanze zu genügen, nicht den Laden des Fräulein Steffi betreten haben. Allzu große

Umstände konnte ihm nun einmal keine Angelegenheit wert sein, die mit Weiblichkeit verknüpft war.

Es traf sich nur zufällig so, dass Herr Blümel ohnedies den Pichlerschen Laden hätte aufsuchen müssen, um sich ein Paar Sommerhandschuhe zu kaufen, die auffallend billig ausgezeichnet auslagen im Schaufenster. Auch in der Mariahilferstraße würde sich kaum Preiswerteres entdecken lassen, dagegen bestand stets die Gefahr, seiner Brieftasche beraubt zu werden im Gedräng dieser überfüllten Geschäftsstraße.

Alles Gründe genug, um sich endlich in den Kreis von Fräulein Steffis Kundschaft einzureihen, in den man durch die Nachbarschaft vom Graben-Café von Rechts wegen längst gehört hätte.

Außerdem war Herr Blümel durchaus noch nicht fest entschlossen, sich bei diesem notwendigen Einkauf nach der Adresse von Fräulein Konstanze zu erkundigen oder überhaupt von der jungen Dame zu sprechen. Wenn nicht etwa Fräulein Pichler selbst das Gespräch auf diese gemeinsame Bekannte bringen würde.

Zwar wieder nach einigem Nachdenken schien es Herrn Blümel als die Pflicht primitivster Menschlichkeit, Erkundigung einzuziehen, warum Fräulein Konstanze unvorbereitet schnell hatte abreisen müssen? Ob etwa gar Trauerbotschaft aus Familienkreis Ursache dazu gewesen sei.

Herr Blümel empfand für jeden, der solcher Art in seiner Lebensfreude getroffen wurde, reichliches Mitgefühl. Ohne Unterschied des Geschlechts. Mensch ist Mensch ...

Wehmütig war Herrn Blümel zumut, auch noch, als er aus dem Büro den gewohnten Weg zum Graben ging.

Obwohl es ein strahlender Hochsommertag war und milder Südwind den Hauch des Wiener Waldes über die Stadt fächelte.

Herr Blümel aber erblickte Trübseligkeit auf Schritt und Tritt. Trotzdem er sich bewusst war, dass solche Betrachtungen als lebensverkürzend galten. Und er sie gar nicht nötig hatte.

Er musste überall Fadenscheinigkeit bemerken, die sich angstvoll versteckte hinter aufdringlichem, buntem Luxus. Edle Gesichtszüge, verunstaltet durch Verbissenheit der Enttäuschung. Überall flitzten die Kinder der Armen hindurch, deren Augen niemals jung blicken. Überall hörte er Krückengeklapper, Bettlergemurmel, Einsamkeitsgestöhn. An den Häusern zählte er die vielen Fenster, die der heißen Sommerluft verschlossen waren, Kranke, Sterbende vermutete er dahinter.

Aus der Kapuzinergruft schien Moderduft hervorzuströmen, der die Schritte wohl schneller in Bewegung brachte, aber nicht allein aus Übermut der Lebensfreude.

Ein Krüppel spielte hier auf seinem Leierkasten jenes Lied: Dass es »immer einen Wein wird geben und immer hübsche Mädel wird geben, aber wir werden nicht mehr leben, wir werden nicht mehr leben ...«

Herr Blümel hielt es ganz plötzlich für unnötig, sich noch ein Paar Sommerhandschuhe zu kaufen ...

*

Das Leben wird schwer, sobald wir uns die Zukunft vorstellen wollen. Wahrscheinlich, weil solches Tun unnatürlich ist. Wie könnte die Rose verschwenderisch zu blühen, zu leuchten und zu duften vermögen, würde sie darüber grübeln, dass wenige Tage nur später sie vielleicht nichts sein wird als ein kahler hässlicher Stängel. Wie könnten es die Bäume fertigbringen, ihre Blüten, Früchte, ihr Sorglosigkeit zurauschendes Laub freudig zu wiegen im Hellen wie im Dunkeln, bedächten sie, wann Sturm nach Sturm sie kahl schütteln, wie bald sie der Winter schwer mit Schnee belasten werde. So lang einer noch nicht dahinter gekommen, dass heute heut ist, wird er sein Leben nicht zu balancieren verstehen.

Herr Blümel selbst hatte sich diese Nachdenklichkeit zurechtgelegt. Sich als Kommentar dazu erläutert, dass frühes Altwerden der Ehemänner damit in Verbindung zu bringen wäre. Ehemänner hatten nicht nur an die eigene, sondern sogar an die Zukunft anderer beständig zu denken.

Das Standesamt war eine Guillotine.

Jedermann, der dort ehelich eingeschrieben, wurde dort um ein Stück Lebenszeit verkürzt.

Aber Anschauungen sind wandelbar, wenn wir auch selbst immer die gleichen bleiben.

Seit der neue Herr Kollege dicht neben den Herrn Kanzleioffizial gerückt war, hielt es Herr Blümel für möglich, dass nicht, wer allein steht, am festesten steht, sondern dass vielleicht zwei Einige eine Riesenkraft im Widerstand bilden könnten. Dass sich nicht zum Mindesten manche Unannehmlichkeit verringern, wenn nicht sogar unwirksam machen ließ, indem man sie jemandem wirklich Anteilvollen auseinandersetzte. Jemand, dessen Los so eng mit dem eigenen verknüpft war, dass er schon allein aus Selbstschutz genötigt war, nichts von den anvertrauten Besorgnissen weiterverlauten zu lassen.

Wie beispielsweise diese Beunruhigung, diese Friedensstörung, die der neue Kollege auf Herrn Blümel ausübte.

Der Verlobungsring am Finger dieses Neuen schien Morgen nach Morgen schärfer zu blitzen, warf Kringel in Blümels Augenglas, beeinträchtigte den Blick, musste allmählich schädigend auf die Diensttüchtigkeit wirken.

Die Handschrift des Neuen, seine Schnelligkeit, Ziffern und Namen zu finden, im Gedächtnis wie in den Akten, reichte dicht an die bewährte, gerühmte, bestgekannte des Herrn Kanzleioffizials heran.

Er selbst, dieser zweite Josef, bildete sich vielleicht sogar ein, seine Leistungen überragten die des Älteren. Meinungen sind übertragbar. Möglich, dass schließlich die Kollegen, die Vorgesetzten, alle zur Missgunst stets bereit, schon das gleiche dachten.

Eine kluge Gefährtin würde wahrscheinlich klarzulegen verstehen, dass es sich nur um Schrullen, allzu geringe Selbstunterschätzung, um übermäßige Empfindsamkeit handelte. Würde an die eigenen Vorzüge und Verdienste des Beunruhigten erinnern, diese womöglich vergrößern, wie es die Blicke des Gefühls gern tun. Das könnte wohltuende stützende Wirkung üben. Der

Mensch neigt nun einmal dazu, andern mehr zu glauben als sich selbst.

Einer Frau, die durch Selbstständigkeit Lebenserfahrung gewonnen, wäre dergleichen vielleicht nicht unmöglich.

Nebenbei gedacht, traute Herr Blümel blonden Frauen mehr Klarheit, Bewusstsein im Denken und Gefühl zu als Brünetten. Und von diesen Blonden wieder den hochgewachsenen Schlanken mehr als den Üppigen. Äußere Fülle verhindert innere.

Solches Versenken in Nachdenklichkeit über Möglichkeiten hätte manchen andern von praktischen Dingen zurückgehalten.

Das war bei Herrn Blümel nicht der Fall. Trotz alles Gedankengedränges über Mögliches und Unmögliches, trotz dieses Abwägens zwischen Richtig und Unrichtig, hatte er an einem dieser Tage den Laden von Fräulein Steffi Pichler betreten, um den notwendigen Handschuhkauf vorzunehmen. Ordnung muss sein. Er bedurfte nun einmal dieses Gegenstandes.

Wenn auch nicht gerade im Augenblick. Er besaß noch zwei Paar Sommerhandschuhe, Gelegenheitskäufe, im Winter gekauft, doch war sein Prinzip, dass rechts im Mittelfach des Wäscheschrankes drei Reservepaare zu liegen hatten.

Fräulein Pichler bediente den Herrn Kanzleioffizial mit größter Höflichkeit. Obwohl diese neue Kundschaft nach dem einzigen Paar fischte, das, als Lockangel ins Schaufenster gelegt, keinen Gewinn abwarf.

Sie erkannte Herrn Blümel nicht wieder. Sein Gesicht erinnerte sie zwar an jemand. Aber sie sagte sich, so sehen sie alle aus, die an Schaltern und unter Bürolampen auf Einzelstühlen das Leben verhocken.

Steffis Geschäftslächeln vertiefte sich, es glitt zur Kasse, auf der das Bild des Rennfahrers zu finden war, neben einer roten Rose ...

Es gibt verschiedene Arten Gewinn. Auch dieser Verkauf sollte sich für Steffi Pichler lohnen. Ihr Frohsinn wurde um ein gut Teil Vergnüglichkeit bereichert, als sich der schmale blasse Herr beim Anpassen der Handschuhe zierte wie ein Backfisch und bei jeder Berührung errötete wie ein Gymnasiast.

Dabei versuchte er, mit sandtrockener Stimme von dem schon allzu tief gesetzten Preis noch etwas abzuhandeln.

Geiz erweckt Verschwendungssucht. Steffi setzte kühn den umzurechnenden Preis noch um ein Drittel herab und sog mit Genuss die Sommerluft ein, die süß mit Jasmin- und Rosenduft durchtränkt durch die weit geöffnete Tür wehte. Sie erinnerte daran, dass draußen Gärten lagen und weiterhin als grüner Kranz der Wiener Wald, durch den man hügelauf, hügelab sausen konnte auf dem Motorrad, aufsitzend hinter dem Sattel, die Hände gestützt auf breite Mannesschultern. Das ganze Gesicht Steffis, rosig, rund, mit kurzer Nase und Grübchen im Kinn, war jetzt ein Lächeln.

Herr Blümel konnte sich Steffis heitere Miene nur auf seine Weise deuten, somit nicht richtig auffassen. Das sollte mancherlei Irrung zufolge haben. Ein falsch gedeutetes Lächeln hat manchen Lebensweg ins Zickzack gebracht.

Herr Blümel nämlich glaubte, doch von Steffi erkannt zu sein. Und nur aus Neckerei als gänzlich Fremder behandelt zu werden.

Als Spielball weiblichen Übermutes wünschte er jedoch, nicht genommen zu werden.

Und darum erinnerte er kurz und bündig an das Bekanntwerden durch Fräulein Konstanze.

Einmal dazu genötigt, erfüllte er auch die Pflicht, sich nach dem Grund der plötzlichen Abreise zu erkundigen, sowie nach dem genauen Aufenthaltsort der gemeinsamen Bekannten.

Um die Rose zur Seite des Rennfahrerbildnisses summte eine Hummel den Ewigkeitssang vom blütenreichen Sommer. Sie mahnte Fräulein Steffi daran, dass es im Wiener Wald neben den schnellen breiten Wegen auch versteckte Winkel gab zum Rasten, zwischen Federnelken, Butterblumen, schnappendem Löwenzahn und Käfergesurr, alles miteinander wohlig gewärmt von Sonne, von Gottes- und von Nächstenliebe.

Der tiefe Brummsang dieser Hummel, dieses Tiers mit Flügeln und Stachel, war es vielleicht, der Fräulein Steffi, völlig in Ungewissheit über Konstanzes Entschlüsse, Pläne, Ziele, zu antworten reizte, dass Fräulein Konstanze anscheinend enttäuscht von Wien gewesen wäre. Steffi wünschte nicht indiskret zu sein, doch dürfe jeder wohl eigene Meinung weitergeben. Ihr sei es vorgekommen, als habe Fräulein Konstanze, obwohl der Grund ihrer Reise ein geschäftlicher gewesen, hier Privatgefühle gefunden. Sie wäre merkwürdig wechselvoll gewesen in Launen wie in Entschlüssen. Es schien, wie wenn sie sich dauernd nach Wien gewünscht hätte und doch zu keinem Entschluss hatte kommen können. Ein Entschluss, der auch für Fräulein Steffi nicht ohne Bedeutung gewesen wäre.

Das letzte hörte Herr Blümel nicht mehr. Fräulein Pichlers Privatangelegenheiten bekümmerten ihn nicht.

Außerdem beeilte er sich, der Dame zu versichern, dass er sich hier nur ganz im Allgemeinen als wienerischer Kavalier erkundigte. Da er befürchtet hätte, dass der unvermuteten Abreise der Berlinerin ein Trauerfall oder sonst etwas Betrübliches zugrunde hätte liegen können. Zumal er ihr im Namen eines Dritten noch eine Mitteilung, natürlich geschäftlicher Art, weiterzuleiten habe, wozu die genaue Adresse der Dame natürlich Vorbedingung. Fräulein Steffi schrieb diese Adresse geschwind nieder mit den großen steilen Buchstaben, die sie sich schon als Lehrmädchen eingeübt hatte, nach dem Vorbild einer erzherzoglichen Unterschrift, gefunden in einem illustrierten Blatt. Denn damals träumte sie von Trauung linker Hand in Schlosskapellen, mit späterer Erhöhung in den Adelstand. Gereifter nun, doch frisch noch wie die neue Zeit, wusste sie, dass Kraft und Mut Adel verleihen und Glückseligkeit.

Blümel wünschte weiter zu beweisen, dass sein Besuch hier im Laden nicht etwa als Privatangelegenheit aufzufassen wäre.

Er sagte also, während Fräulein Steffi die gewünschte Auskunft notierte, dass er gewillt wäre, zwei Paar dieser

Handschuhe mitzunehmen, wenn sie als Sechsteldutzend billiger berechnet würden.

Die Hummel summte unverdrossen. Steffi dachte, wer weiß wozu es gut sein könne, das Glücksgefühl eines Geizigen zu erhöhen. Sie sagte zu.

Als der Herr Kanzleioffizial zufrieden in vieler Beziehung das zweite Paar Handschuh anprobierte, lachte Steffi und sagte, dass bei einem Einkauf von zwei Paar Handschuhen eigentlich eine Gratiswahrsagung aus den Handlinien Geschäftsgebrauch bei ihr wäre. Sie habe das Wahrsagen einmal gelernt drüben im Tschechenland.

Herr Blümel zeigte sich heftig abweisend. Er benannte Wahrsagung unrechtmäßige Beihilfe zur Verwirrung gesunden Sinnes, zur Verminderung praktischer Nüchternheit, kurzum zur Erhöhung weitverbreiteter, höchstbedauerlicher Fahrlässigkeit.

Jedoch als er sich den zweiten Handschuh anpassen ließ, im Argwohn, dass billiger Preis mit Mottenschaden etwaig in Verbindung stehen könne, sagte sich der Herr Kanzleioffizial, dass es Vergeudung wäre, etwas nicht mitzunehmen, was in einem Kauf einbegriffen wäre. Mochte ihm also gewahrsagt werden, glauben konnte er noch immer davon, sowenig wie ihm beliebe.

Er vertraute also die Innenfläche seiner Linken Fräulein Steffi an, zu näherer Durchsicht.

Die junge Dame ließ die rosenlackierte Fingerspitze ihres rechten Zeigefingers auf den scharfgezeichneten Handlinien vorwärts tasten, langsam feierlich, als blicke sie direkt in die Zukunft hinein.

Wahrheit erfahren zu wollen ist immer eine kitzliche Sache.

Herr Blümel fühlte dies aufs Neue bestätigt.

Fräulein Steffi murmelte, dass Herr Blümel freigebig sei, leidenschaftlich, zynisch, willensstark. Alles im Leben werde ihm glücken. Nur nach dem Tode scheine ihn etwas Unangenehmes zu erwarten.

»Welcher Art?«, fragte Herr Blümel heftig.

Er glaubte kein Wort von alledem. Aber Unannehmlichkeit bleibt Unannehmlichkeit.

Steffi lächelte verschmitzt. Sie sagte, in das Reich zu blicken, das hinter dem Leben lag, lerne man nicht einmal bei den Tschechen. Doch denke sie, dass sich der Herr Kanzleioffizial um so weit hinausgeschobenes Pech nicht zu beunruhigen brauche.

Draußen brauste der Mittagslärm der Stadt, Glockengeläut vom hohen Himmelszeiger des Stefansturms, das Surren der Autos, Omnibusse, Trambahn, der ganze Globus schien Steffi ein blumenbesteckter Motor, geführt von einem einzigen, der in Steffi den Mittelpunkt des ganzen Spektakels sah.

Steffi lächelte verschmitzt, wie würde man miteinander lachen, wenn sie diesem Einzigen dies Geschichtchen von dem Herrn Kanzleioffizial berichtete. Nie waren Liebesfreuden heftiger, als nachdem man gelacht hatte, dass der ganze Körper ins Beben geraten war und man befürchtet hatte zu ersticken.

Herr Blümel zahlte.

Er warf die Münzen lässig auf den Tisch, wie es Freigebige zu tun gewohnt sind.

Als er den Zettel mit Konstanzes Adresse in seine Brieftasche legte, zog er den Mund schief zum Lächeln des Zynikers.

Aber als er den Laden verließ, stolperte er. Seine Gedanken hatten ihn schon weit über diese Schwelle hinwegdenken lassen, denn er grübelte über Möglichkeiten, die einem ehrbaren, strengkorrekten Menschen nach dem Tode zustoßen könnten ...

Wir haben über nichts Gewissheit. Nie können wir sagen, wie wird es enden. Kaum, dass wir von der Vergangenheit wissen, wie sie gewesen.

Würde jemand Konstanze gefragt haben, warum sie Wien plötzlich verlassen hatte, um wieder in Berlin zu sein, sie hätte keine Antwort geben können.

An jenem Tag, der die Stunde ihrer Abreise mit sich führte, ohne dass sie es am Morgen gewusst hatte, war sie in den Park von Belvedere gegangen. Hatte sie gewünscht, dem Herrn Kanzleioffizial zu begegnen? Vielleicht. Diese Sommertage beunruhigten. Wäre eine korrekte Ehe nicht Zuflucht, Geborgenheit auch vor sich selbst? Könnte es nicht herrlich beruhigend sein, sich beschützt zu wissen, jemand zur Seite zu haben, der alles Ziffernhafte gewissenhaft übernehmen würde, was der Morgen jedes Alltags auf den Frühstückstisch warf und das in keinem Kassenbuch von selbst zur Ruhe kam, auch wenn der Feierabend dunkelte?

Obendrein ein Jemand, durch den man nie in beschämende Eifersucht versetzt werden könnte, kein Moderner, zu dessen Anschauung es gehörte, dass man Liebe und Ehe nicht miteinander verwechseln dürfe.

Eine Meinung, die zum Bestand von Udo von Silkens Weltanschauung gehörte. Wenn seinen Worten zu trauen war.

Feindschaft mit Udo wäre aus diesen Gründen nicht nötig. Jeder musste verbraucht werden, wie er gewachsen. Udo könnte zu Gast kommen. Als Besuch war er famos. Immer brachte er Heiterkeit, wusste er Neues über irgendetwas in der Welt, was den Geist in Bewegung brachte.

In Wien, der Stadt der Galanterie, vermochte man mit Berliner Tüchtigkeit, Zähigkeit und Preisfestigkeit vielleicht schneller zur Ersparnis zu kommen, als mancher glaubte. Zumal das Wirtschaftliche von einem Ehemann getragen sein würde. Wer konnte wissen, wie bald man sich ein Auto anzuschaffen vermochte, Udo würde sich gewiss mit Vergnügen als Chauffeur hergeben. Würde für diese Bemühung tagsüber allein herumsausen können, auch Benzin ist ja *en gros* umso billiger, bis er am Feierabend vorfahren würde, um Konstanze abzuholen. Natürlich auch ihren Ehemann.

Aber vielleicht sagte schnelles Autofahren dem ruhigen Herrn Kanzleioffizial nicht recht zu. Dann konnte er indessen frei und ungehindert einen kleinen Spaziergang unternehmen. Gegenseitige Rücksichtnahme musste Grundbedingung sein in jeder ehrlichen Ehe.

Zärtlich hatte Konstanze niedergeschaut von der Terrasse des Belvedere auf die liebe Heimatstadt der Musik, die im Sonnenlicht geglänzt hatte, grünumkränzt von Wäldern und Wiesen.

Und irgendwo sang natürlich eine Geige ...

Begrüßung hatte Konstanze aus betrachtender Versunkenheit aufgestört.

Es war nicht der Herr Kanzleioffizial gewesen. Ein Freund Udo von Silkens war hier zufällig mit Konstanze zusammengetroffen. Seine Fahrt sollte nach Triest gehen und von dort an weiter, unbekannt noch wohin.

Er war Udo grad am Tag seiner Abreise begegnet, in einem Kaufhaus.

Udo war im Begriff gewesen, sich den billigsten Schiffskoffer zu kaufen, den man auf Lager hatte. Aber mit der Überlegenheit eines fürstlichen Oberhaupts und wie ein solches auch bedient. Von drei jungen Damen zugleich, die darin wetteiferten, ihm die Tüchtigkeit der einschnappenden Schlösser, die Pracht der Lederimitation klarzumachen. Ihre Hingebung hätte den strengsten Chef befriedigt.

Von diesem Bericht ganz in Anspruch genommen, hatte Konstanze eine steife Gestalt zwischen zwei sehr lebhaften. Damen bemerkt. Die sie an irgendjemand erinnerte, mit der wohl eigentlich ein Gruß hätte getauscht werden müssen. An der sie aber längst vorüber war, als sie noch immer überlegte, wozu sich Udo mit einem Schiffskoffer versorgte. Seereisen dauern lang, viel kann sich inzwischen zutragen.

Konstanze wurde sich in diesen Augenblicken klar, dass ihre geschäftlichen Angelegenheiten in Wien eigentlich beendet waren. Dass längerer Aufenthalt nur nutzlose Ausgaben verursachen würde.

Der Anblick Wiens stimmte sie jetzt traurig. War diese Stadt nicht totenstill gegen das brausende Berlin? Und immer von irgendwoher diese schwermütige Geige, sicherlich gespielt von einem Bettler vor dunklem Torgang.

Berlin war kälter, es fehlte ihm der zarte Vorhang großer Vergangenheit, aber dafür war es klarer, heller, ein breites Tor der Zukunft. Hatte dort der Wald weiter zurücktreten müssen, machte dafür der einzelne größere und schnellere Schritte. Für Gärten erübrigte sich selten ein Raum, aber die kleinen Balkone, zumal die der Dachwohnungen, so wie Konstanze einen zu eigen hatte, waren Flugbote in Luftwellen über steinernem Meer. Bewimpelt vom Bunt der Geranien.

Das Sausen des Weltalls überbrauste dort den eigenen Herzschlag, der nur ein kurzes Menschenleben abzuhämmern hatte. Über keinen der vielen Bäume, die dort drüben den grünen Wald zusammensetzten, gingen so wenig Sommer hinweg wie über den Menschen. Kostbar darum jeder Augenblick.

Wenige Stunden später war dann Konstanze vorübergefahren an diesen Bäumen und Wäldern, als das Abendlicht Rosen auf sie pflanzte ...

Rosen hatte sie auch in den hübschen Vasen gefunden, die ihren zierlichen bunten Handschuhladen aufzufröhlichen verhalfen, bei ihrer Rückkehr. Es war ihre Vertreterin gewesen, die für diesen Begrüßungsschmuck gesorgt hatte.

In dem tadellos geführten Hauptbuch bemerkte Konstanze, dass sich der Kredit des Herrn Udo von Silken um eine volle Seite verlängert hatte.

Udo hatte selbst mit Bleistift dazu geklammert: Glückliche Sommerzeit, wo alles wächst.

Dies sollte wohl eine Art Abschiedsgruß sein. Herr von Silken hatte inzwischen eine Seereise angetreten, Ziel und Grund waren nach Bericht von Konstanzes Stellvertreterin, in viele Scherze eingewickelt, nur angedeutet worden.

Denn das war wohl nicht ernst zu nehmen, dass Udo von Silken seine Sprachkenntnisse, Eleganz und Beherrschung erstklassiger Manieren endlich pekuniär ausbeuten wollte als Hotelportier auf einem besseren Erdteil, als es Europa wäre. Um sich dann im Vermögen der Unabhängigkeit die Frau nehmen zu können, die er haben wollte.

Jedenfalls schien er allein gereist zu sein, das Konto erwies nur Einkauf von Herrenhandschuhen ...

Konstanze musste beobachten, dass es auch in ihrer Heimatstadt Geigen gab, die immer gespielt wurden.

Irgendwo hinter einem Fenster oder vor einer Tür wurde Musik gemacht. Kein schwermütiger Wiener Walzer, ein kräftiger Jazz wurde heruntergepeitscht. Er weckte keine Tanzlust in Konstanze. Er brachte sie nur auf den Gedanken, dass die Welt überall gleich wäre, voll Wiederholung und Unerschöpflichkeit und darum wohl köstlich und traurig zugleich.

Dabei probierte sie höflich auf sommerheiße Finger Handschuhe, benutzte die freien Augenblicke, die Rosenstängel in engen Vasen zu beschneiden, damit sie länger blühten.

Als sie zu gleichem Zweck noch Salz in das Blumenwasser streute, dachte sie, dass auch der Ozean salzige Flut sei und viele Schiffe darüber hingehen ...

*

Konstanzes Handschuhladen lehnte sich nachbarlich an ein Schokoladengeschäft. Dessen Inhaberin war schnell und schlank wie eine Forelle. Vielleicht weil ihre Mutter Fischhändlerin war in der Markthalle drunten. Sie war hellblond, von jenem Eiergelb, womit niemals die geschmackvolle gütige Natur jemanden verunglimpft, sondern nur die allzu menschliche Kunst eines Friseurs. Ihre Lippen waren feuerrot, wie die billigste Mischung des Marzipankonfekts, die zuckersüß aus Abfällen hergestellt war und merkwürdigerweise unter dem Namen »Familienmischung« verkauft wurde.

Diese Blondine erlebte Abenteuer, wohin sie die Schritte lenkte.

Konstanze erfuhr kurze Berichte darüber, sobald das schmale Fräulein herübergehuscht kam, im nachbarlichen Sprung, um große Münze in kleine umzuwechseln oder nach dem Stand der Tageszeit zu fragen. Denn ihre Uhr pflegte mitten am Tag haltzumachen, weil ihre Besitzerin am Abend vorher andere Zerstreuungen gewusst hatte, als Uhren aufzuziehen.

Zu dieser kleinen Nebenbemerkung lächelte sie und fügte noch hinzu, dass Geheimratstöchter natürlich keine solche Ablenkungen kennen durften.

Udo von Silken hatte auch im Konfitürengeschäft ein kleines Schuldkonto für dringende Einkäufe angelegt. Bequemlichkeit halber, wie er sagte.

Die eierblonde Rotlippige hielt Udo für Konstanzes Vetter. Sie ärgerte sich, dass sie ihm gegenüber vergeblich lächelte. Dass er ohne Grund erzählte, dass es immer noch Dinge gäbe, die er nicht einmal geschenkt haben möchte.

Das hinderte sie jedoch nicht, nachbarlich zu bemerken, sie wünschte sich, dass Udo ihr Vetter wäre.

Dazu machte sie die gleiche geschickte Bewegung, mit der ihre Mutter in der Halle die armen verkauften Hechte am Bottichrand betäubte, damit sie sich im Marktkorb wunschgemäß benahmen. Und des Fräuleins Zungenspitze fuhr dabei hervor, wie ein kleiner blutgetränkter Dolch.

Solche Zusammenstöße mit der Umwelt mahnten Konstanze an manche menschliche Minderwertigkeit. Merkwürdigerweise jedoch nicht an die der andern, sondern an die eigene.

Wer sich nicht geliebt glaubt, besitzt selten die Überheblichkeit, die zur Selbstschätzung nötig. Daher wohl kommt es, dass Liebe allein die Welt bewegt. Gleichviel an welches Objekt sie sich verschwendet.

Konstanze prüfte sich nach Fortschlupf der zierlichen Nachbarin genau im Spiegel, fand sich zu lang, zu eckig, übertrieben damenhaft und prüde wirkend.

Solches Augenblicks fühlte sie sich beinahe geschmeichelt, als eines Tages ein großer Umschlag mit steifer, aber flotter Handschrift einen Gruß brachte von dem Herrn Kanzleioffizial Blümel aus Wien.

Konstanze legte ihn vor den Spiegel. Sie erreichte auch damit, dass ihn die schmale schnelle Nachbarin sofort entdeckte, ihn beroch, obwohl er nicht parfümiert war, und ihn, trotz seines Kanzleiformats, für einen Liebesbrief erklärte ...

Dieses Schreiben war von Herrn Blümel doch noch länger überlegt worden, als er es selbst für möglich gehalten.

Dreierlei hatte ihn schließlich dahin gebracht, diesen Gruß aufzusetzen und abzusenden.

Erstens: erneutes Lob des neuen Kollegen über des Herrn Kanzleioffizials Handschrift. Obwohl Blümel drei Viertel davon auf Strebertum und Hinterlist abrechnete. Ein Viertel Ansporn blieb übrig. Zweitens hatte befeuernd gewirkt eine Plauderei in Herrn Blümels Lieblingszeitung, die geschickt und glaubwürdig nachzuweisen verstanden, dass nichts besser geeignet sein könne, den Charakter eines Mannes auszumodellieren, als ein intimer Briefwechsel mit einer gescheiten persönlichen Frau. Nicht nahes Zusammenleben mit einem weiblichen Wesen lasse den Mann erstarken, sondern seelisches Vertrautsein, Austausch innerer und äußerer Erlebnisse mit einer Unsichtbaren, ohne Furcht vor Ernüchterung durch die Kompaktheit des Körperlichen.

Drittens wirkte Fräulein Steffi Pichlers Handdeutung nach. Herr Blümel hatte darüber nachgedacht. Wahrscheinlich war er wirklich leidenschaftlich. Er hatte es nur nicht gewusst. Wie hätte das Fräulein auch sonst zu dieser Art Deutung seiner Lebenslinien gelangen können? Etwas Wahres war an allem, was unter Menschen gesprochen wurde. Selbst Lüge kann Wahrheit verraten …

Konstanze beantwortete die steifen Fragezeilen über Wohlbefinden und Sommerwünsche auf elegantem, eigenartigem Papier. Dieses war kürzlich gekauft worden, als Konstanze die feste Ahnung zu fühlen glaubte, dass eine Nachricht von Udo kommen müsse, die schnelle Beantwortung verlangen würde. Udo nannte Briefe schriftliche Besuche. Bogen und Umschlag bedeuteten das Kostüm des Besuchers.

Auf diesem elastischen Papier lief die Feder von selbst. Man schrieb zu seinem eigenen Vergnügen.

Konstanze entsann sich, wie Udo einmal behauptet hatte, dass jeder Brief, der nicht geschäftlichen Inhalts wäre oder einer dringend notwendigen Mitteilung halber abgesandt wurde, nur an sich selbst geschrieben werde. Man beichtete sich selbst, was man dachte, wünschte, glaubte und meist selbst nicht gewusst hatte, bis man es geschrieben vor sich sah.

Zeile auf, Zeile ab lief der feste Füllfederhalter, der in einem Würfel endete, der auf allen vier Seiten Sequenz zeigte.

Konstanze ließ ihn Wien loben, ihn erzählen, dass ihre Gedanken oft die schön geschwungene Waldlinie von Kahlenberg bis zum Leopoldsberg entlang liefen. Dass sie neben jedem Kirchturm die Zierlichkeit des Stefansdoms ins Himmelblau gezeichnet sähe. Dass sie sich der Walzer erinnere im Schönbrunner Park, dass sie des

Abends, wenn Autohupen die jetzt sommerstillen Großstadtstraßen durchschrillten, an die Adlerschreie im Schönbrunner Tierpark gemahnt werde, an den Adler des Prinzen Eugen, der zu trauern verstanden hatte wie ein Mensch. Und dass sie auch sonst nichts vergessen hatte, das ihr in der schönen Donaustadt begegnet war.

Als Konstanze die vielen Blätter in den Umschlag schichtete, schob sich wieder eine Spottbemerkung Udos dazwischen.

Jene freche Behauptung, dass, wenn verliebte Frauen mit Tinte und Feder in Berührung kämen, sie berauscht davon würden wie von Sekt. Schwatzlust und Vertrauensseligkeit arteten ins Orgienhafte aus.

Erst als Konstanze jetzt den Umschlag mit Namen und Wohnort versehen musste, kam es ihr zum Bewusstsein, dass Udo gar nichts mit diesem Schreiben zu tun hatte. Dass auch hier von Verliebtheit genau so wenig die Rede war, wie wenn der Gruß wirklich an Herrn Udo gerichtet wäre.

Sie holte das Schreiben noch einmal hervor und überlas es. Warum es eigentlich absenden? Wer schrieb das? Und an wen?

Aber nun war es einmal da. Es war vielleicht ein Spaß abzuwarten, was der steife, brave, wortkarge Herr Kanzleioffizial auf solches Schreiben zu erwidern suchte.

Ein wenig Erwartung war nicht zu verachten in diesen schläfrig-warmen Sommertagen ...

*

Herr Blümel nahm den Brief misstrauensvoll in Empfang.

Er sah ihm sofort an, dass er von Damenhand gesandt sein müsse.

Er war sich keiner derartigen Bekanntschaft bewusst.

Von Fräulein Konstanze erwartete er keine Antwort. Dass er dem Briefträger seit einigen Morgen stets schon einige Schritte entgegenging, hatte einen ganz anderen Grund. Dies erfolgte nur, weil ihn die Einbildung möglicher Wohnungskündigung quälte. Unbegründet allerdings.

Außerdem war er überzeugt davon, dass Fräulein Konstanze einfaches Geschäftspapier benutzen würde.

Er hatte wieder einmal vergessen, dass Frauen unberechenbar sind.

Als Herr Blümel den Brief geöffnet, die Absenderin erfahren hatte und die vielen geschriebenen Blätter in Händen hielt, war er aufrichtig erfreut. Und zwar, wie er sich sagte, aus dem natürlichen Grunde, dass hier wieder einmal das Briefporto vernunftgemäß und haushälterisch ausgenutzt worden.

Auch der geistige Inhalt befriedigte Herrn Blümel. Er musste zugeben, dass er einer amüsanten Zeitungsplauderei in nichts nachstand. In diesem Punkt glaubte sich Herr Blümel, mit Recht für vollkommen urteilsfähig halten zu dürfen. –

Die Dinge erzwingen sich selbst den Platz, der ihnen gebührt. Herr Blümel bemerkte dies wieder, nachdem er diesen charmanten Plauderbrief diesem neuen Kollegen mit dem Goldreif vorgelesen hatte in der Frühstückspause, ohne es eigentlich gewollt zu haben. Die amüsanten Bemerkungen über Wien wollten und mussten wohl weiterwirken.

Der zweite Josef war sehr geehrt über das Vertrauen des älteren Vorgesetzten. Er hielt obendrein den hageren, kurzgeschorenen Wortkargen für bedeutend älter, als es der Herr Kanzleioffizial war.

Der junge Kollege vermutete als Absenderin ein Fräulein Nichte.

Gemäß Herrn Blümels bisheriger Anschauung wäre es nur als Schmeichelei aufzufassen gewesen, dass man intimen, weiblichen Briefaustausch überhaupt nicht mit ihm in Gedankenverbindung zu bringen wagte.

Seine Anschauung hatte sich in nichts verändert, natürlich. Sie war nur differenzierter geworden.

Jedoch von jemandem, der selber mit Sonnenlicht aufsaugendem Liebespfand am Finger friedliche Arbeitsträume abblendete, enthielt diese Schmeichelei Grobheit, bedeutete es eine Minderbewertung, anderen Kollegen nur Nichten zutrauen zu wollen.

Die Meinung anderer ändert nichts am Wert oder Unwert des eigenen Selbst. Was jedoch nicht hindert, dass es unnatürlich bleibt, selbst zu eigener Geringschätzung beizutragen, respektive nicht zu verhindern zu suchen, diese zu beseitigen.

Schon aus diesem Grund musste Herr Blümel Fräulein Konstanzes anmutiges Schreiben beantworten. Ganz abgesehen davon, dass es die geringste wienerische Höflichkeit verlangt hätte.

Es war klar, dass Herr Blümel wünschen musste, durch Andeutungen auf weiteren Briefwechsel, wenn natürlich auch nur kavaliermäßig, lückenhaft, dem vorschnellen jungen Kollegen anzudeuten, dass selten jemand berechtigt ist, dem anderen weniger zuzutrauen als sich selbst.

Eine Übereilung dieser geplanten Antwort verhinderten die Erwägungen Herrn Blümels, ob er sich zu dieser auch des schweren Büttenpapiers bedienen sollte, das durchaus nicht wohlfeil war.

Erst nach einigen Tagen entschied er sich, bei dem soliden, kostenlosen Kanzleipapier zu beharren. Gerade weil bei Beginn menschlicher Beziehungen nie feststellbar war, wohin sie führen könnten, hielt der Herr Kanzleioffizial Charakterfestigkeit, festbewiesen, von Anfang an für strenge Notwendigkeit. –

Konstanze hatte nicht mehr erwartet, ein neues Schreiben des Wiener Verehrers, wie die fischschmale Nachbarin den Herrn Kanzleioffizial bereits in kurzen, spitzschnellen Nebenfragen benannt hatte, hinter den Spiegel stecken zu können.

Es gehörte dies auch nicht mehr zu den dringenden Bedürfnissen des Tages. Das Sommerleben Konstanzes hatte eine andere Wendung genommen.

Konstanze war dem Tanzteufel verfallen. Mit einem Partner, der äußerlich wirklich vom Fegefeuer hätte zusammengeschmolzen sein können.

Es war der kleine bucklige Herr Kilian, Besitzer des Buchladens gegenüber. Nur wenige Zoll hoben ihn über das Zwergtum hinaus. Sein Brustkorb war gewölbt wie der einer Amme, sein kurzgeschorener runder Kopf schien eine der Schöpferhand des Herrn entglittene Billardkugel. Zufällig gerollt zwischen seine spitzen Schultern und die Schulterhügel. Aber seine Augen waren die eines Fernsichtigen, eines Gottsehers, Kindes oder Künstlers.

Konstanzes hohe Schlankheit erweckte in dem kleinen Herrn Kilian die schreckhafte Freude, die sich ihm als Schuljunge offenbart hatte, als er, geführt vom Lehrer, inmitten der Klassenschar die wundergewachsene Griechenplastik im Museum hatte anstarren dürfen. Und dies auch gewagt hatte, wenn auch mit Beiseiteblick.

Inzwischen war er vom Straßenhändler, durch die Flughaftigkeit der Zeit und die eigene Festigkeit, zum selbstständigen Kaufmann geworden. Belesen wie nur einer und doch mit eigener Meinung über alles, was diese Zeit aufwarf an Erfindung, Zerstörung, Umbau, nicht nur auf materiellem Gebiet, sondern auch in politischen, künstlerischen und anderen abstrakten Reichen.

Udo von Silken, wieder Bequemlichkeit halber auch hier liebenswürdiger Schuldner, würdigte Herrn Kilian oft eingehender Gespräche. Bevor er sich verabschiedete, neueste, buntfarbige Magazine leihweise an den erstklassigen Stoff des Ärmels geklemmt, klopfte er Herrn Kilian mit hellgelb belederter Hand auf die spitzkantig nach oben gerichteten Schulterkegel und sagte, dass erworbener Verstand mehr wäre, als ererbte Dummheit.

Herr Kilian empfand diese Vertraulichkeit als Ritterschlag ...

Das Schokoladenfräulein kaufte alle illustrierten Blätter der Welt bei Herrn Kilian. Sie fand den kleinen Buchhändler apart und romantisch. Seine Augen erinnerten sie an die Blicke der armen stummen Fische in den Verkaufsbottichen der Mutter, mit denen sie von Kindheit an ängstlich versucht hatte, vertraut zu werden.

Zuerst wurde diese Behauptung eigentlich nur aufgestellt, um einen straffen Sportjüngling, der Verabredungen allzu nachlässig nahm, eifersüchtig zumachen. Aber Worte sind Widerhaken, an denen der Sprecher schließlich selbst hängen bleibt. Und Lügen sind gefährlich, weil wir sie schließlich selbst glauben.

Allmählich kreiste die ganze geheime Fantasie der Forellenschlanken um den romantischen Herrn Kilian. Sie bedachte, wie schrankenlos die Leidenschaft eines Menschen sein müsse, der sich vergeblich nach Besitz von Frauen hatte sehnen müssen.

Herr Kilian wunderte sich wohl manchmal über die hungrige Steilheit ihrer blanken Blicke und die Erregtheit ihrer gefahrvollen roten Lippen. Er sagte sich dann, dass die Linie ihres Lächelns irgendeinem von denen gelten werde, mit denen er sie nach Feierabend davonflirren sehen musste.

Ihren bunten, leckeren Laden hatte er noch nie betreten. Wer reich werden will, kauft keine Süßigkeiten.

Dagegen war Herr Kilian bestzahlender Besucher des Handschuhgeschäftes von Fräulein Konstanze.

Die Handschuhe, die er aussuchte, hatten stets einen Stich ins Kanariengelbe. Auch die Krawatten, gern orangegelb oder grasgrün gewählt, überschritten mit ihrer Grellheit jene paar Zoll, die den guten Geschmack von Geschmacklosigkeit trennen. Und umgekehrt Herrn Kilian an der Höhe seiner Gestalt fehlten. Ebenso wie sein Anzug stets auffällig gemustert war, wie wenn die Unebenheit des Wollstoffs die körperliche glattmachen sollte.

Herr Kilian kaufte die Handschuhe stets ohne Anprobe. Fräulein Konstanze hielt ihn deshalb für einen Frauenfeind.

Herr Kilian aber tat dies aus Vorsicht. Er sagte sich in bittersüßem Ingrimm, ein kleiner Mann ist leicht umgeworfen. Er fürchtete umzufallen bei der Berührung von Konstanzes Fingern.

Aber zu plaudern, wenn auch erst auf der Schwelle, gelang ihm meistens. Er geizte dann nicht mit Kenntnissen, lustigen Lebenserfahrungen, brauchbaren Ratschlägen. Immer waren es vergnügliche Minuten.

Kürzlich konnte Herr Kilian mit etwas Besonderem aufwarten.

Er hatte eine Karte von Udo von Silken erhalten. Sie brachte die Ansicht eines großen Hotels, das ebenso gut in Berlin hätte stehen können. Dazu die Mitteilung, dass auch in Melbourne mit Wasser gekocht werde.

Konstanze blickte nur flüchtig auf die Karte. Sie gehörte Herrn Kilian, sie wollte ihn nicht berauben.

Herr Kilian steckte die Karte zurück in seine aufgebauschte Brieftasche, die wie Leder aussah. Er schien um einige Zoll gewachsen.

Auf der Ladenschwelle kam Herr Kilian auf Melbourne zu sprechen und schließlich zu einer Beschreibung des ganzen Australiens.

Konstanze wurde neugierig, wo eigentlich auf dem Globus Australien herumgondelte?

Herrn Kilians Bücherregale waren durch solchen Globus gekrönt.

Konstanze brauchte also nur einen Schritt über die Straße zu tun, um die ganze Welt nach Belieben herumdrehen zu können. Wer ließe sich solche Gelegenheit entgehen?

Die Erde musste unter Konstanzes großen kräftigen Händen tanzen. Konstanze wünschte, Australien näher an Europa zu schütteln.

»Warum?«, fragte Herr Kilian. Unruhe in seinen Hundeaugen.

Konstanze vergaß zu antworten. Sie dachte gerade über einen Einfall nach, der ihr durch den Sinn geschossen. Die alte Madam Erde kannte nur altmodische Rundtänze. Jazz und Foxtrott waren der Kugeligen versagt. Die konnte sich nur drehen im ewigen Geleise.

So war man aufs Tanzen zu sprechen gekommen. Herr Kilian hätte niemals gewagt, Fräulein Konstanze zum Tanzen aufzufordern. Obwohl er ein vorzüglicher Tänzer war. Verunstalteten Körpern ist die Leichtigkeit der Wünsche gegeben.

Also musste wohl von Fräulein Konstanze der Vorschlag ausgegangen sein, dass Herr Kilian sie einmal zum Tanz führen könnte?

Jedenfalls tanzten sie miteinander, Abend für Abend.

Gesprochen wurde nichts. Wer wirklich tanzt, hebt sich auf Zehenspitzen um des Tanzes willen, um jener Befreiung willen, jenes Leichtwerdenwollens im Rhythmus, nach dem unsere Erdschwere beständig sucht.

Herr Kilian verstand, dass er für Fräulein Konstanze wesenlos war.

Er begnügte sich dankbar. Auch Kleingeld bereichert, war eine seiner Lebensdevisen.

Einmal hatte Konstanze mitten im Tanz aufgelacht. Herrn Kilian zugenickt und ihm geraten, spaßeshalber nach Melbourne zu schreiben, dass er jeden Abend tanze.

Auch zu verraten, wer seine Partnerin wäre ...

Einige Tage später meldete Herr Kilian eifrig Fräulein Konstanze, dass ihr Vorschlag erfüllt wäre. Er hatte nach Melbourne berichtet, dass jemand und jemand jeden Abend zusammen tanzten.

Aber gerade an diesem Tag war dies nicht mehr Wahrheit. Fräulein Konstanze klagte über ermüdete Füße. Das Tanzen wurde aufgegeben.

Herr Kilian war gewöhnt, sich dem Geschick zu fügen. Er begnügte sich nun damit, sich täglich nach der Gesundheit des gnädigen Fräulein Nachbarin zu erkundigen.

Konstanze gewann wieder Zeit für praktische Notwendigkeiten, die der Tanzteufel gewissenlos verdrängt hatte. Im Schreibtischschub schichteten sich geschäftliche Schreiben, sie verlangten Durchsicht, Beantwortung.

Wieder wünschte sich Konstanze irgendwen neben sich, dem sie jetzt diese Umschläge und Blätter voll Fragezeichen und Ziffern hätte zuwerfen können, zu korrektem, kundigem Ausdemwegräumen.

Hier wäre Herr Kilian nicht zu gebrauchen gewesen. Wer mit Spreewasser getauft ist, lässt keinen Nachbarn auf den Grund seiner Kasse sehen, auch nicht den treuherzigsten.

Auch das hatte Udo einmal gesagt. Konstanze hatte es sich zufällig gemerkt.

In dieser Weise beschäftigt, kam Konstanze der Brief des Herrn Kanzleioffizials wieder vor Augen. Sein einfaches Äußere hatte ihn unter die Geschäftsbriefe geraten lassen.

Konstanze erinnerte sich jetzt. Der Briefträger hatte ihn gebracht, als Herr Kilian schon wartend vor der Tür gestanden, sein hellgelbes Mäntelchen ordentlich zusammengelegt über dem kurzen Arm, die übergrüne Krawatte scharf beleuchtet von der Abendsonne.

Solche Augenblicke blieben peinlich, obwohl sich Konstanze vorgenommen hatte, sich um niemanden zu kümmern.

Sie hatte den Brief damals nur flüchtig überlesen. Er berichtete viel von Wien, Herr Blümel erzählte von neuen praktischen Straßenverbindungen, von der Erneuerung von Donaubrücken, Verbreiterung von Gehwegen. Es las sich wie eine Seite aus langweiligem Verkehrshandbuch.

Dazwischen waren die Gedanken der Lesenden zu der Frage gesprungen, ob es wohl auch über Melbourne Reisebücher gäbe. Es hätte Spaß machen können zu wissen, wo dieses europäisch aussehende Hotel gelegen war. Ob am Rand des Ozeans oder an einer Straße?

Konstanze gähnte heute wie damals, als sie das dünne knittrige Kanzleipapier zum ersten Mal zwischen den großen wohlgeformten Händen gehalten.

Aber heute bemerkte sie eine Randbemerkung, die sie neulich übersehen hatte.

Das werte, geschätzte, gescheite Fräulein wurde ergebenst befragt, ob sie es für krankhaft erachte respektive als lebensuntüchtig, dass ein Beamter, sonst verlässlich und geachtet von Vorgesetzten wie Kollegen, stark beunruhigt würde, gestört in seiner Tätigkeit, durch nichts als das Blitzen des Verlobungsringes eines neuen Kanzleigenossen?

Konstanze musste lachen. Sollte das eine Liebeserklärung sein? Oder war der Arme nicht ganz gesund?

Udo pflegte zu behaupten, dass in jedem ein Stück Verrückter stecke. Nur unter diesem Gesichtspunkt lasse sich der Verkehr mit seinen Mitmenschen ermöglichen.

Jedenfalls war diese Randbemerkung eine Frage. Also eine erleichternde Grundlage zur Beantwortung des Briefes.

Konstanze schrieb, dass sich ein Tüchtiger durch nichts beirren lassen dürfe. Ein Berliner würde sich im solchen Fall sagen: Jeder blinkt auf seine Weise.

Aber diese wenigen Sätze füllten nur wenig den großen festen Büttenbogen, auf den zu schreiben ähnlichen Genuss bereitete wie sanfte Musik in der Ferne oder das Zergehen einer reifen Himbeere auf der Zungenspitze.

Konstanze suchte also noch nach einigen Sätzen, die sich schicklich hinzufügen ließen. Nicht jedem jedoch, der zu schreiben sucht, fällt etwas ein.

Es war keine Lüge von Konstanze, wenn sie jetzt mit violetter Tinte auf gelbem Blatt vermerkte, dass Sprechen einfacher wäre als Schreiben. Und weil auch dies noch nicht geholfen hatte, wenigstens eine Seite auszufüllen, so fügte sie hinzu, ob der Herr Kanzleioffizial nicht nach Berlin kommen wolle, um seine Vaterstadt mit der ihren zu vergleichen?

Zu weiterer Raumfüllung malte Konstanze drei große Fragezeichen.

Und dann noch einmal drei, zur Übung.

Sie beabsichtigte Udo von Silken spaßeshalber einen Gruß zu senden, der aus nichts bestehen sollte, als aus solchen wohlgeschwungenen Zeichen der Interpunktion ...

Konstanzes Schreiben an den Herrn Kanzleioffizial beendeten also sechs Fragezeichen, die in Sorgfältigkeit der Form beinah Violinschlüsseln glichen, die fröhlichen Melodien voranmarschieren ...

*

Ähnlich so mussten diese Interpunktionen auch auf Herrn Blümel gewirkt haben. Ihr ornamentaler Schwung erinnerte ihn an seine Geige. Nach mehrmaliger Überprüfung holte er sie hervor und spielte wieder einmal. Wiener Melodien, das Souvenir und die Serenade von Ordla. Nicht ganz so sicher und feurig vielleicht wie Kubelik, möglicherweise auch nicht so elegant wie

Kreißler, aber die Melodien wurden doch deutlich erkennbar.

Herr Blümel überlegte sogar, ob er die Geige nicht mit auf die Reise nehmen sollte?

Auf die Reise? Auf welche Reise? Wollte er denn Wien verlassen?

Er blickte in den Spiegel und dachte, dass diesem mageren ernsthaften Herrn eine Ausspannung zu gönnen wäre.

Diesem älteren Herrn, hätte er beinahe gedacht. Rechtzeitig war ihm eingefallen, wen er vor sich hatte. Von vorgerückten Jahren konnte hier keine Rede sein. Nur der allzu ernste Ausdruck ließ vielleicht die Gesichtszüge und Mannesgestalt vorzeitig würdig wirken. Die Farbe des Schlipses hätte möglicherweise vergnügter gewählt sein müssen. Es fehlte die Frauenkritik. Sie könnte peinlich wirken, sogar peinigend, vielleicht jedoch auch fördernd und verjüngend.

Es war durchaus nicht ausgeschlossen, dass sich ein Leben, zu zweien gelebt, doppelt ausnutzen ließ, bei einem nur um ein halb Prozent vermehrten Kostenaufwand. Einigkeit verbilligt.

Ähnliche Berechnungen hatte der jüngere Neue kürzlich aufgestellt.

Uneinigkeit allerdings verwüstet.

Aber zu dieser Einwendung hatte der Jugendliche gelacht und gesagt, dass es mehr Einigkeit in der Welt gäbe, als der Herr Kanzleioffizial zu wissen scheine.

Jedenfalls las Herr Blümel heute mit besonderer Aufmerksamkeit in einer von ihm stets bevorzugten Zeitung eine ärztliche Feststellung, die sicher und klar angab, aus wie wenig lohnenden Momenten sich auch das lange Leben eines Vernünftigen zusammensetzt.

An dem Lebenslauf eines Siebzigjährigen war bewiesen worden, wie das kostbare Gut Dasein aufgebraucht wird. Vierundzwanzig Jahre davon waren verschlafen worden, zwanzig Jahre hatte man gearbeitet, und sieben Jahre waren für Mahlzeiten verbraucht worden, sechs Jahre war man unterwegs gewesen im Hin und Her zur Arbeitsstätte, neun Jahre hatten allerdings für Vergnügungen gelten können. Dagegen hatte zwei Jahre allein das Rasieren gekostet.

Solche Querschnitte durchs Dasein machten aufhorchen.

Sie mussten von Neuem zu der Überlegung zwingen, ob nicht der ganze Hang der sogenannten Liebe Selbsterhaltungstrieb war? Weil paarweises Leben den Vorzug hatte, dass man an einem zweiten Leben einen Anteil gewann. Anregung, Aufheiterung, Ermunterung, also Kräfte zu diesem zugeschossen erhielt. Selbst ein kleiner Verdruss, das Normale nicht überschreitend, war schließlich nur als Regulierung anzusehen, als gesunde Erhöhung des Blutkreislaufs.

Das Leben ist eine Verteidigung gegen das Leben. Herr Blümel spürte etwas von diesem schwierigen Problem, als er sich nun Schritt für Schritt aus seinem glatten Geleis gedrängt fühlte, ohne etwas dagegen tun zu können. Und ganz ohne es zu wollen.

Seine Überlegung über geteiltes und dadurch um ein halb Prozent verdoppeltes Leben wurde unterstützt durch die Wahrnehmung, dass weibliches Wohlwollen ihm gegenüber jetzt auffallend in die Erscheinung trat. Ungerufen wie alle Schicksalswünsche.

Beweise so auffällig, dass der Bescheidenste sie bemerken musste.

Da war zuerst Fräulein Pichler.

Herr Blümel hatte sie wieder aufgesucht.

Nicht, weil er sich über das Ausbleiben von Fräulein Konstanzes Schreiben gewundert hatte. Er fasste solche persönliche Angelegenheit nicht überwichtig auf. Dagegen glaubte er, sich durch die ungewöhnliche Anhäufung von Unglücksfällen in den vielen Zeitungen, die er täglich las, etwas nervös gesteigert. Besonders aus Berlin waren Unfälle jeder Art verzeichnet. Es musste dies jeden beunruhigen, der mit irgendjemandem in dieser Reichshauptstadt in Korrespondenz stand. Fräulein Pichler musste das gleiche empfinden. Falls sie nicht durch direkte Nachricht beruhigt worden. Vielleicht sogar mit einem Gruß beauftragt.

Einen neuen Einkauf wünschte Herr Blümel, deshalb nicht zu unternehmen. Die wohlfeil erworbenen Handschuhe lagen noch unberührt verwahrt in dem Seidenpapier, aus dem sie aus dem Laden heimgebracht worden.

Eine nähere gründliche Besichtigung ihrer ergab jedoch jetzt, dass ein Knopf nicht ganz festsaß. Noch dazu am rechten Handschuh, den am meisten zu gebrauchenden. Um ein weniges mehr gelockert, würde sich die Notwendigkeit ergeben, zu seiner Befestigung Fräulein Pichlers Laden wieder betreten zu müssen.

Weitere Nachprüfung lockerte den Knopf noch erheblicher vom Leder.

Plötzlich lag der Knopf lose in Herrn Blümels Hand. Nun hatte Herr Blümel keine Wahl mehr. Dieser Weg in den Handschuhladen war unvermeidlich geworden, auch wenn er unangenehmen Zeitverlust bedeutete.

Herr Blümel stellte Fräulein Pichler die Wahl zwischen Umtausch der Handschuhe oder Neubefestigung des abgerissenen Knopfs. Er bedauere dies tun zu müssen, aber Not kenne kein Gebot.

Steffi, nicht so zierlich zurechtgemacht wie sonst, war zerstreut. Sie sagte vorerst, dass sie Zugwind auf die Augen bekommen habe. Sie versicherte dies jedem Kunden aus Besorgnis, man könne merken, dass sie die Nacht durchheult hatte, weil der Rennfahrer auf Motor ohne sie nach Berlin gerast war. Wenn auch nach dreimaligem Ehrenwort des Treubleibens. Aber solche wienerische Gewohnheit konnte nicht beruhigen auf Entfernung von vielen Hundert Kilometern.

Steffi blickte darum auffallend schnell in die Höhe von Nadel und Faden, mit dem sie den Knopf wieder zu befestigen bemüht war, als der Herr Kanzleioffizial unvermittelt fragte, ob Fräulein Steffi neuerdings in Besitz von Privatmitteilungen aus Berlin gelangt wäre?

Steffi bildete sich ein, der Hagere bringe eine Schreckensbotschaft. Der Renner wäre gestürzt. War diese steife Bureaugestalt nicht der Unglücksrabe in Person?

Diese saure Miene im Hochsommer, wo die Welt voll süßen Beeren und Blumen übervoll?

Aber sie hätte ihn umarmen mögen, als sich nach einem, trotz Steffis eilewünschender Heftigkeit recht umständlichen Wortwechsel zeigte, dass der Frage nur wieder heimliche Auskunft nach Fräulein Konstanze zugrunde lag.

Sie bedauerte aufrichtig, gar nichts mitteilen zu können. Sie wusste nun, wie Alleinsein tut. Ihr zärtliches Gemüt, in Trauer gelockert, kannte nun Sehnsucht und quoll über vor Mitleid mit dieser steifen, immer winterlichen Knochenfigur.

Steffi lächelte den Herrn Kanzleioffizial darum so herzlich an, dass ihm beinah übel wurde. Und dass er beinah überhört hätte, dass das Fräulein obendrein die Frage an ihn gerichtet hatte, ob er und sie nicht zum Sonnenuntergang hinauffahren wollten zum Schloss Cobenzl, dort von der Höhe hinauslugen wollten über die warme wienerische Sommerwelt. Zwei Einsame, die sich am Anblick der heimatlichen Erdoberfläche, der lieben schönen, zu trösten suchten?

Herr Blümel verzichtete auf diesen Trost. Ohne Bedenken.

Nicht nur, weil er sich klar bewusst war, dass solche Damen, jung und energisch, imstande waren. Eis, Limonaden und sonstige Leckereien dreifach zu bestellen und diese in größter Gleichgültigkeit vom Begleiter zahlen zu lassen, sondern aus dem Grund, dass er keines Menschen Beistand bedurfte.

Fräulein Steffi nahm die Absage nicht übel. Im Gegenteil, ihr Lächeln wurde herzlicher.

Es blieb haften an Herrn Blümel, der sich nicht ohne Vorwürfe sagte, dass seine häufigen Besuche hier falsche Hoffnungen in diesem feurigen Fräulein erweckt haben mussten.

Er glaubte einsehen zu müssen, dass er den Eindruck seiner Persönlichkeit bisher unterschätzt hatte.

Der Abend brachte ihm weiteren Beweis dafür. Als er nun in einer dörflichen Wirtschaft bei St. Veit den Plan des Fräulein Steffi allein ausführte und vom grünen Gartentisch aus über heimatliche Erdoberfläche schaute, Wiener Waldluft regelmäßig einatmend. Er dachte in freundlicher Gerechtigkeit an Fräulein Steffi. Ihr Vorschlag war gut gewesen. Der Fehler daran war nur, dass sie sich selbst dabei nicht ausgeschaltet hatte.

Wer sich wohl fühlt, ist im Einklang mit der ganzen Welt. Herrn Blümels Anschauung stand daher in keinem Gegensatz zu den Gedanken, die Fräulein Steffi im gleichen Augenblick hegte, im Donaubad plätschernd, frohgelaunt wieder durch Wasserkühle, überzufrieden, dass ihre rührselige Übereiltheit so gut abgelaufen war. Dass ihr kein gelblicher Kanzleioffizial diesen dunkelblauen Sommerabend verdarb ...

Herr Blümel aber musste weiter begreifen lernen, wie schwer es ist, allein bleiben zu wollen auf dieser Welt.

Eine Dame hatte sich auf die andere grüne Seite des Tisches gesetzt. Den Blick auf Wien, hatte sie schon beim Fortrücken des Stuhls ausgerufen: Da liegt es, mein Wien, im Glanze des Barocks.

Vergeblich. Der Ausruf zeitigte keine Rückwirkung bei Herrn Blümel.

Obwohl er über diese unvernünftige Störung aufgebracht war. Er war im Begriff gewesen, Hühner mit einer alten Semmel zu füttern, auf etwas verzwickte Weise. Er liebte es, unbeherrschten Tieren die Macht des Menschen zu zeigen. Mochte auch ein Huhn begreifen, was es heißt, im Schweiße seines Angesichts sein Brot zu verdienen. Zu diesem Zweck legte Herr Blümel die Krumen auf den Rand des Tisches. Die Hennen wagten, mit Todesverachtung und gellendem Schreckschrei am Tisch emporzuflattern und den Leckerbissen an sich zu reißen.

Diesen Augenblick benützte Herr Blümel, um ihnen zuzurufen, dass dem Mutigen die Welt gehöre.

Dieses Unterhaltungsspiel hatte das fremde Fräulein gestört.

Einige kurze Blicke vergewisserten Herrn Blümel, dass unter einem leichten Sommerkleid alles da war, was zur Ausstattung einer schlanken aber vollen Wienerin gehörte.

Er liebte diese aufdringliche Art ungewünschter Mitteilungen nicht.

Aber das Fräulein saß mitten in der Landschaft. Es war nicht möglich, sie zu übersehen.

Bald musste Herr Blümel merken, dass wortlose Mitteilungen noch nicht die ärgsten sind. Das Fräulein begann zu sprechen.

Die heraufziehende Mondsichel mahnte sie an eine Moschee am Bosporus, den letzten roten Abendschein verglich sie mit der Zeit der Renaissance, und der schlecht gebackene, bröckelnde Kuchen, der ihr vorgesetzt wurde, brachte ihre Gedanken auf Roms Hügel, vor das *Forum romanum*.

Sie war Architektin und hatte sich im Studium überanstrengt. In solchen Sommernächten fühlte sie, dass sie auch ein butterweiches Herz besäße. Und dass eine einzelne Säule ein Unding wäre. Alles im Bau der Welt beruhe auf Ergänzung.

Die Enge des Tisches brachte es mit sich, dass ihr rundes Knie nicht ferngerückt dem spitzen des Herrn Kanzleioffizials sein konnte. Fast hätte man sagen können, dass es dieses berührte.

Herr Blümel war kein listiger Liebesstehler, wie es Don Juan gewesen. Aber gerade darum glaubte er, diese überanstrengte Landsmännin nicht beleidigen zu dürfen, indem er etwa heftig von ihr fortrückte, wie vor einem lästigen Insekt.

Als das Fräulein jetzt von der Seelennot auf die des Geldbeutels gekommen war, fühlte Herr Blümel wieder den üblen Geschmack, den ihm weibliche Aufdringlichkeit stets verursachte. Er zahlte und erhob sich und überließ die ganze sommernächtliche Pracht der überanstrengten Architektin ...

Er war nicht abergläubisch. Es war die klare Vernunft, die hier Herrn Blümel mahnte, dass diese Begegnung eine Erläuterung des Schicksals hatte sein sollen. Die ihn erneut hatte mahnen wollen, wie sehr er den Frauen als

Mann galt. Falsche Bescheidenheit hatte ihn manchmal daran zweifeln lassen.

Dass außerdem ihm diese Zusammenführung hatte beweisen sollen, wie vornehm sich eine andere bei einem sehr ähnlichen Vorkommnis benommen hatte.

Jene andere, die ihn zu sich wünschte, in eine Stadt, wo es eine Auswahl gab von Millionen Männern. Die diesen Wunsch nur zart andeutete mit musikalischen, keuschen Fragezeichen ...

*

Wenn man erst die Winke des Schicksals zu verstehen glaubt, winkt es auf Schritt und Tritt.

Das ist nun einmal so. Es bleibt schwer zu wissen, was uns wünschenswerter wäre: Blindlingslaufen oder Zielsicherheit.

Herr Blümel glaubte nun Winke zu spüren auf allen Wegen, er hätte derartiges nicht für möglich gehalten, aber Tatsachen überzeugten ihn.

Auf dem Weg zum Büro begegnete er einem Trauerzug. Ein Wiener Aristokrat wurde vierspännig zur Familiengruft gefahren. Sein Leben war jedem echten Wiener bekannt wie das eines Verwandten. Die Vorübergehenden auf der Straße erzählten barhäuptig, einer dem andern, dass er als echter Wiener gestorben. Achtzigjährig hatte er sich erkältet bei einem zärtlichen Stelldichein.

Herr Blümel blickte der langsamen Fortbewegung des Wagens nach, bis sie zusammenfloss mit dem Strich des breiten Weges, der sich auflöste in die molligen, zärtlichen Hügellinien der Wiener Landschaft.

Der Herr Kanzleioffizial begriff die empfangene ernste Morgenlehre. Ein Hagestolz war eine Unmöglichkeit in dieser zarten Stadt, umwellt von den weichen Rundlinien der Weiblichkeit.

Ein pflichttreuer Mann wie Josef Blümel musste in solchem Augenblick etwas empfinden, das Schuldbewusstsein nicht unähnlich sah.

Ebenso wenig aber war eine Reise nach Berlin kein Ding, zu dem man sich so geschwind entschloss, wie zum Befestigenlassen eines Handschuhknopfs.

Kein Zeitungsblatt, das, untersucht auf diesen Punkt, nicht täglich Bahnunglücke brachte. Bremsen versagten, Signalzeichen wurden verwechselt, Weichen falsch umgestellt, Brücken brachen. Unmöglichscheinendes wurde ungewünschte Wirklichkeit.

Herr Blümel richtete seinen Spaziergang nicht mehr über den Ring zum Schottentor. Er ging zum Westbahnhof und beobachtete dort die Züge, die über Hüttelsdorf davoneilten.

Er prüfte die Mienen der Abfahrenden. Er ging längs der Bahnlinie auf und ab und versuchte Übersicht über das verzwickte System der vielen Signalzeichen zu gewinnen.

Zu einem abschließenden Urteil kam er nicht.

Mancher nahm die Abreise ruhiger, gleichgültiger, als sich ein anderer an den gewohnten Tisch im Kaffeehaus zu setzen versucht.

Andere dagegen waren wie geladen mit Elektrizität. Sie bewegten sich wie auf Spiralen. Sie rannten hin und her wie bei einer Feuersbrunst. Sie fragten jeden Begegnenden um eine andere Auskunft, noch während sie Antwort erhielten, sahen sie auf ihre Uhr oder durchkramten alle ihre Taschen nach Fahrkarten, Gepäckscheinen oder Kleingeld. Sie liefen, anstatt Platz zu nehmen, immer wieder den Zug entlang, wie wenn sie Würstel zu verkaufen hätten.

Früher hätte sich Herr Blümel darüber vergnügt, wer nicht zu reisen verstand, sollte es unterlassen. Zumal man seiner Anschauung nach im Grunde nirgends etwas anderes finden konnte als Erde, Steine, Wolken, Wasser, Wiesen und Bäume.

Jetzt sagte er sich, dass das Leben vielleicht keine freiwillige Rekruten kenne und jeder marschieren müsse, wie sein Geschick befiehlt.

Er fühlte Mitleid. Er sagte sich, es sind nicht die Schlechtesten, denen die Selbstsicherheit fehlt.

Das Betrachten der Signalstangen brachte nicht weniger Beunruhigung. Versuchte man sich ihrer Mannigfaltigkeit bewusst zu werden, ahnte man, dass hier kleinster Irrtum größte Katastrophen verursachen musste. Rädchen, Hebel, Farbe und Funken hatten ineinanderzugreifen und sich zu ergänzen, wie Dinge im Selbstbetrieb des Weltalls. Bewundernswert. Aber Herr Blümel fragte sich, ob wir vielleicht nur bewundern, was uns unheimlich ist.

Herrn Blümels Ratlosigkeit steigerte sich. Wollte er reisen, musste er um Urlaub ersuchen.

Nun aber war das Sonderbare, er glaubte, sich plötzlich nicht mehr auf das Äußere von Fräulein Konstanze besinnen zu können.

Das Bild ihrer Züge war ihm entglitten. Er vermutete, dass die Schuld daran der Beobachtung, der Prüfung der vielen Gesichter am Bahnhof zuzuschreiben war.

Jedenfalls hielt er es für einen erneuten Wink des Schicksals, dass gerade das Abendblatt eine sonderbare Begebenheit brachte. Ein junger Mann war bei dem Zusammenstoß zweier Eisenbahnzüge gerettet worden nur durch eine Fotografie, die er über der Herzgegend getragen hatte.

Es hatte sich in diesem Fall um kein Frauenbildnis gehandelt. Was den jungen Mann Herrn Blümel noch näher rücken ließ. Es war der Maschinenentwurf eines tüchtig Strebenden gewesen.

Herr Blümel aber hatte den Wink verstanden. Er wusste, dass das Geschick Umwege suchte.

Er entschloss sich, das Fräulein Konstanze, als Antwort auf ihre Fragezeichen, bescheiden um eine Fotografie zu ersuchen.

Er schrieb, wieder auf Kanzleipapier, in lithografisch gestochener Handschrift, dass er dieses Ansuchen an das gnädige Fräulein nur ordnungshalber stelle, besser gesagt, aus Sammelwut.

Er sammele die Bildnisse aller seiner Bekannten. Eine Zerstreuung des Alleinstehenden.

Herr Blümel würde sich nie einer Unwahrheit schuldig gemacht haben. So war auch das keine Lüge. Obwohl

Herrn Blümels Zimmer bildnislos war. Sein Schmuck war nur die Geige und manchmal das südliche Sonnengelb einer Zitrone, deren Bestimmung war, im Verein mit ein wenig Zucker, Limonade zu geben.

Alles jedoch muss seinen Anfang haben. Auch eine Sammlung.

Herr Blümel beabsichtigte gerade mit dem Bildnis des Fräulein Konstanze jene in seinem Brief erwähnte Galerie seiner Bekanntschaften zu beginnen.

Von Unwahrheit oder nur einem Versuch zu solcher konnte also keine Rede sein ...

Auch der vorsichtigste Mensch ist nur ein Mensch. Lässt er sich nichts von anderen rauben, nimmt er sich selbst, was ihm niemand nehmen könnte.

Herr Blümel hatte sich selbst um seine innere Ruhe gebracht.

Zu spät begriff er, dass er diesen Brief mit der kühnen Bitte nicht hätte absenden dürfen.

Er hatte nun die Verpflichtung zu einer Bildnissammlung.

Im Büro peinigte ihn Zerstreutheit. Er fühlte fortgesetzt den Zwang, seine Kollegen um Überlassung ihres Bildes zu bitten. Diese ungefährliche Willensäußerung war schwerer ausführbar, als er vermutet hatte.

Am ersten Vormittag gelang sie ihm nicht. Ebenso wenig am zweiten.

Am dritten sagte er sich, dass er beinahe voreilig gehandelt hätte.

Er musste natürlich erst Fräulein Konstanzes Antwort abwarten, bevor er weitere Schritte tat in dieser Angelegenheit. Erhielt er eine abschlägige, würde er den Sammelplan aufgeben müssen. Da Fräulein Konstanzes Bild den Anfang machen sollte. Ohne Anfang keine Fortführung, das war klar.

Ebenso wie es begreiflich war, dass Herr Blümel auf diese Antwort nun in größter Unruhe wartete. Denn schließlich bedeutete der Plan dieser Sammlung etwas ganz Neues für ihn. Er würde im Ausführungsfall Vorkehrung für ihre Unterbringung in seinem Zimmer treffen müssen. Es war genau zu überlegen, ob der kommende Platz dafür außerhalb oder innerhalb der Kommode geschaffen werden musste.

Da sich Herr Blümel ohnedies daran gewöhnt hatte, den Bahnhof aufzusuchen, unterrichtete er sich an den Fahrplänen über den Zeitanspruch, den eine Antwort benötigen würde. Wobei er Fräulein Konstanze vierundzwanzig bis achtundvierzig Stunden Bedenkzeit zubilligte, die er dem Exempel hinzurechnete.

Alles dies geschah in Sommerwärme. Aus den Hausgärten duftete es nach Rosen und Himbeeren. Neben den Gleisen rollten sich Melonen wie Rieseneier eines Glücksvogels.

Herr Blümel dachte zwischen mancherlei anderem, dass an solchen Tagen auch der Bescheidenste viel bunte Freude zu verschaffen vermochte, einem lustigen geweckten und doch gehorsamen Söhnchen ...

Konstanze hatte auf Rat des Herrn Kilians einen Saisonausverkauf angesetzt. Alle drei Nachbarn, sie, das

Schokoladenfräulein und Herr Kilian selbst, erfreuten die Mitwelt durch Herabsetzung der Preise.

Das brachte Bewegung in die sommerliche Stille.

Herr Kilian sagte, alle jene, die für niemanden jemals einen Pfennig übrig haben, kaufen blindlings, wenn sie glauben, nur die Hälfte des richtigen Preises zu zahlen. Und weil dies die meisten sind, könne man an solchen Tagen jeden Ladenhüter zu vollem Wert verkaufen.

Er sagte es zu dem Schokoladenfräulein, das damit beschäftigt war, einigen verspäteten Ostereiern ein neues blankes Kleid aus buntem Stanniol zu richten für die festlichen Ausverkaufstage.

Herr Kilian bewertete die saugenden Blicke des schmalen Fräuleins mit mehr Verständnis.

Er wusste nicht, woher dies auf einmal so war.

Das Fräulein wusste es besser.

Sie trug seit einigen Tagen das Herz eines Hechtes am roten Faden um den Hals.

Die eigene Mutter hatte ihr dazu geraten, als ihr die Tochter ihren Liebeskummer um einen soliden selbstständigen Kaufmann mit drei gut bezahlten Angestellten mitgeteilt hatte.

Dieses Hechtherz, drei Tage getragen, brachte Gegenliebe unfehlbar dem Menschenherzen, über dem es hing, an einem roten Faden.

Die besorgte Mutter hatte das Hechtherz ein wenig angeröstet. Sie wusste nicht, ob die guten heimlichen Mächte das Fischherz nicht roh beanspruchten. Sie wagte es nicht der Hitze wegen. Wenn auch recht beunruhigt.

Trotz dieser mütterlichen Fürsorge musste sich das Schokoladenfräulein schon am Nachmittag des ersten Tages mit Fliederextrakt überschütten, um mit Blumenhauch dem Fischduft zuvorzukommen.

Flieder war Herrn Kilian Inbegriff der Sehnsucht.

Ein Fliederbaum war es gewesen, der seinen süßen, vornehmen Hauch in den engen stinkenden Hof gesandt hatte, zu dem hinauf die glitschigen Stufen geführt hatten, aus dem Kellerloch hinaus, wo Kilian, der immer geohrfeigte Lümmel, aus schimmligen Haufen von Kartoffeln Viehfutter und Menschenfraß auseinanderzuklauben gemusst.

Das schmale Fräulein mit den ungesättigten Blicken, dem roten Bogenschwung des Mundes, gehüllt in Fliederduft, wurde plötzlich Ziel aller Erfüllungen.

Das Hechtherz hatte gewirkt.

Bedauernswert alle, die dem Aberglauben nicht glauben.

Aber eigentlich waren dies Dinge, die erst den Abend dieser Tüchtigen schmückten. Der Tag gehörte der Arbeit, der klaren Berechnung, dem weiteren Emporkommen.

Auch Konstanze hatte nicht viel Zeit übrig, der sonderbaren Bitte des Herrn Kanzleioffizials nachzudenken.

Aber es machte ihr Spaß, vor den Augen des Schokoladenfräuleins und des Herrn Kilians, diesem sich neugefundenen Freundespaar, ein Bildchen von sich in einen

Briefumschlag zu stecken und nach Wien zu adressieren.

Sie erreichte auch, dass man sie neckte.

Sie lachte dazu, während ihre lange schmale Hand den Globus herumschnurren ließ, den ihr Herr Kilian leihweise herübergebracht hatte, zur Zerstreuung.

Vielleicht aus dem Grund heraus, seine eigene Veränderlichkeit zu verstecken hinter der unermüdlichen Drehsucht der Erde, deren Staubkörner wir alle sind ...

*

Zur rechten Zeit ist alles recht. Wie selten aber geschieht etwas im rechten Augenblick.

Sobald nach Herrn Blümels Berechnung die Möglichkeit einer Antwort von Fräulein Konstanze vorhanden war, hatte Herr Blümel jeden Augenblick des Tages in Erwartung zugebracht.

Und zwar nicht mehr allein der anzulegenden Bildersammlung wegen.

Er war um dieser Angelegenheit willen eine Wette eingegangen. Obwohl er sonst Feind von Hasardspielereien.

Er hatte mit sich selbst gewettet.

Jener Josef Blümel, der mit Wohlbehagen den Sommerduft der Rosen und reifen Beeren einatmete mit mancherlei Früchtewünschen ans Leben, hatte mit dem maßvolleren Herrn Kanzleioffizial gewettet, dass die Antwort des Fräuleins ihr Bildnis bringen würde, jugendfrisch, reizvoll, lebendig.

Der Herr Kanzleioffizial dagegen glaubte nicht daran. Wünschte nicht, daran zu glauben.

Diesen ärgerte es, dass sich dieser inkonsequente Josef überhaupt in solchen Briefwechsel eingelassen hatte.

Verlor er die Wette, würde er dem Herrn Blümel eine flottere Krawatte kaufen müssen. Als Sieger dagegen würde er der warmen Hausschuhe für den Winter sicher sein.

Vielleicht geht es bei jedem Hasardspiel dieses Lebens so, dass wir auch bei Verlust etwas gewinnen. Was wissen wir Kurzsichtigen von diesen Dingen?

Wie dem auch sei, verständlich jedenfalls Herrn Blümels brennende Ungeduld.

Fast scheint es unmöglich, dass Herr Blümel jedoch gerade in der Sekunde, wo er das Bild wirklich in Händen hielt, nicht daran dachte. Sich nicht einmal des Triumphs bewusst werden konnte, eine Wette gewonnen zu haben. Doch so geschah es.

Herr Blümel war ächzend bemüht gewesen, den Herrn Kanzleioffizial zu rasieren vor dem Bürodienst.

Vorsicht war geboten. Untüchtige Handhabung des recht oft benutzten Messers barg Lebensgefahr.

Der Briefträger, gerade heut, genau zehn Minuten zu früh erscheinend, geradezu eine Abnormität für einen Wiener, musste Schreck einjagen, Verdruss, Unbeholfenheit.

Der Brief glitt aus feuchten Fingerspitzen in den Napf voll heißen Wassers. Eine Seifenblase rundete sich glasbuntschillernd, platzte jäh und wurde zum ekligen klebrigen Klümpchen.

Abergläubischen, Vorahnungsuchenden hätte dies zu denken geben können.

Herr Blümel aber glaubte vor allem dankbar sein zu müssen, dass das ausgerutschte Rasiermesser keinen Schaden angerichtet hatte.

Der Wunsch der Selbsterhaltung ist unser stärkstes Ziel. Dafür sind wir nicht zur Verantwortung zu ziehen. Er ist angeboren jedem Geschöpf. Vom Beherrscher bis zur Mücke fürchtet sich alles, das lebt, insgeheim vor dem Tod.

Eine Entschuldigung, die sich Herr Blümel selbst zubilligen zu können glaubte, als er nun erst sorgfältig getrockneten Gesichts endlich bemüht war, den untergetauchten Brief aus dem Seifennapf zu angeln.

Kläglich war dieser Augenblick einer großen Wunscherfüllung.

Konstanzes wohlgeformtes Antlitz schimmerte feucht wie das einer Ertrunkenen.

Der Ruf zum Wiedersehen war zerflossen, wie wenn dicke Tränen aus unerschöpflichem Quell ihn aufgelöst.

Unglück bindet die Menschen. Wahrscheinlich schon die Mahnung daran.

Nur auf diese Weise wenigstens konnte sich Herr Blümel erklären, dass ihm dies Bild ein Heiligtum dünkte. Immer stärker sein Sinnen, Denken, Hoffen, Wünschen, Wollen in Anspruch nahm.

Er trug das Bild nicht bei sich aus Furcht, es verlieren zu können.

Er freute sich auf die Rückkehr in sein Zimmer, wo es verborgen war.

Er nahm nun andern Anteil an der Schnelligkeit der heimwärts gerichteten Schritte des jetzt verheirateten jungen Kollegen.

Auf jedem Rückweg, oft auch in der Gefängnisstille der Kanzlei, stellte er sich vor, Konstanze würde ihn erwarten in seinem Zimmer, in blühender Wirklichkeit.

Freude und Grauen mischten sich in ihm.

Er dachte sich Gespräche aus.

Er verdunkelte am Sonntag das Zimmer und spielte flüsternde Unterhaltung mit dem Bild.

Die Kollegen hänselten ihn ob seiner Bleichheit, seines Zerstreutseins. Er sehe angegriffen aus wie ein Neuvermählter. Der Herr Kanzleioffizial glaubte zu wissen, dass sich hier nicht Respektlosigkeit vergriff. Man wagte diesen Scherz nur, weil man hier Unmögliches mit ihm in Verbindung zu bringen meinte.

Unmögliches zu beweisen aber liegt in jedem von uns als geheimer Wunsch. Jeder sucht das auf seine Weise zu erreichen.

Herr Blümel wünschte den Kollegen zu beweisen, dass auch Unmögliches Tatsache werden könne. Diese Sicherheit, in der sich diese werten Herren Kollegen wiegten in dem Glauben, ihn genau zu kennen, verdross ihn.

Er wünschte, der Unerschütterlichkeit ihrer vermeintlichen Menschenkenntnis einen wohlverdienten Stoß zu geben. Ein starker Denkzettel dem ganzen Selbstdünkel der Allgemeinheit wäre damit geliefert.

Keineswegs also aus rein persönlichen Gefühlsgründen, deren Berechtigung der Herr Kanzleioffizial nicht anerkannte, sondern zur Besserung, vielleicht sogar zur Aufhebung bedauerlichen Kollegendünkels, überlegte sich Herr Blümel täglich heftiger, ob er eine Reise nach Berlin unternehmen sollte, um damit möglicherweise seinem Alleinsein ein Ziel zu setzen.

Die Besuche zum Bahnhof hatten ihn an die äußeren Notwendigkeiten zur Ausführung solches Planes gewissermaßen akklimatisiert. Er war mit allen Funktionen des Reiseverkehrs vertraut wie ein Fachmann.

Er begann bereits im Café Gespräche mit Stammtischnachbarn, die er für ähnlich geartet hielt, über Reisen und Heimbleiben, über Beständigkeit und Veränderung.

Man kam zu keinem Resultat. Das eine war gut. Das andere auch.

Über Berlin besaß hier zufällig niemand persönliche Erfahrung. Man kannte Linz, Graz, den Semmering, die Steiermark, auch Triest, Venedig und den Lido. Der Wiener liebt nun einmal vor allem die Heimat und alles, was einmal dazu gehört hatte.

Nur einer der Herren wusste von einem Vetter, der auf einige Tage nach Berlin hatte fahren wollen und aus Bequemlichkeit dort gleich dreizehn Jahr' geblieben war.

Dem Herrn Kanzleioffizial bedeutete dies kein schlechtes Zeichen. Er glaubte, auch diesen Wink verstehen zu können.

Außerdem wusste er, dass Menschen, die mit dem Aberglauben hantierten, wozu er allerdings nicht gehörte, die Dreizehn als Glückszahl rechneten.

Er würde sich zur Reise somit entschlossen haben. Vielleicht schon unterwegs gewesen sein.

Wenn nicht wieder Bedenken aufgestiegen wären, ob nicht jemand, der möglicherweise vor dem Aufbau eines eigenen Haushaltes stand, sich nicht sorgsam genug vor großen Ausgaben zu schützen hatte, diese immer wieder überlegen müsse.

Der Herr Kanzleioffizial studierte Schaufenster voll Einrichtungsgegenständen, blinzelte auf die Auslagen, die Gebrauchsstücke der Frauenwelt zeigten, und berechnete sich, wie viel man davon hätte haben können für den Preis, den allein eine Fahrkarte nach Berlin verlangen würde.

Weitere Hindernisse reckten sich hoch.

Es war nicht unmöglich, dass sich in Berlin trotz längeren Aufenthaltes, trotz mancherlei Einladung mit Kostenaufwand keine Gelegenheit zu intimer Zwiesprache ergeben würde. Denn Herr Blümel musste sich klar sein, dass er sich hier auf vollkommen fremdes Terrain zu begeben beabsichtigte.

Er war verpflichtet, diese innere Warnung seinem leichten Unternehmungsmut, den allzu kühnen Reisewünschen, entgegenzuhalten.

Sich die abschreckende Möglichkeit vor Augen zu führen; dass sich nach wochenlangem Bemühen eine Werbung doch vielleicht erst nach erfolgter Rückreise erledigen lassen würde, auf schriftlichem Wege.

Diese Feststellung machte Herrn Blümel stutzig. Sie bot endlich Tatsächliches gegenüber schwebenden Mutmaßungen.

Die ganze Angelegenheit, peinlich, aufregend in ihrer Ungewissheit und ihrer Einzigartigkeit, würde sich wahrscheinlich schriftlich erledigen lassen, würdiger und gewissenhafter.

Herr Blümel begann, sich mit Briefentwürfen zu mühen.

Auch diese Aufgabe hatte er unterschätzt.

Ziellose Sätze liefen im Zickzack. Zutreffendes herauszufinden, zeigte sich als unerhört schwierig.

Die gewählten Worte wirkten entweder steif und kalt, also ungenügend für den gewünschten Zweck. Oder weibisch-sentimental – also abstoßend.

Forschen und Suchen aber brachte Herrn Blümel Entdeckungen in seinem Innern wie in der Außenwelt. Ahnungen, vor denen er zurückschreckte.

Wie wenn er wusste, dass beinahe das ganze Übrige seines Daseins notwendig sein würde, um diese Erkenntnis wieder zu vergessen, wenigstens zu übertünchen.

Gibt es Gedanken, die sich vor sich selbst fürchten?

Herr Blümel, im Suchen nach Ausdrücken, die einem schönen, hochgewachsenen, blonden Wesen in der Ferne verdeutlichen sollten, nicht ungestüm aber überzeugend, dass man plötzlich ahne, welch schwingende Leichtigkeit ein zu zweit aufgeteiltes Leben haben könne, wollte nicht spüren und musste es, wie unnatürlich, wie unertragbar schwer es war, sich als Einzelner zu erwehren, dieser unerschöpflichen, auf lebendiger Zusammengehörigkeit aufgebauten Welt. Ein Hase war man unter Hunden. Jedes Geräusch vor Tür und Fenster, jedes Gelächter glich Jägergeblas. Wirkliches Alleinsein war Fäulnis und Tod.

Die Möglichkeit, sich einem starken Herzen mitteilen zu können, musste Schutz und Rettung bedeuten gegen Missgeschick, Spott und Verlassenheit. Und würde man nicht an solchem hängen müssen bis zum letzten Hauch seines Lebens?

Diese fragende Vermutung schrieb Herr Blümel endlich nieder.

Er fasste sie so, dass sie für jede der infrage kommenden Persönlichkeiten Geltung haben konnte.

Aber er musste feststellen, dass die innere Hilflosigkeit, die ihn überfallen, ihm die notwendige Sicherheit eines Werbenden verringerte.

Er wünschte seinen Posten, seinen Stand, seine Vorzüge, seine Verhältnisse zu loben, seine Fehler zu verstecken.

Hartnäckige Redlichkeit hinderte ihn daran.

Nur die Ersparnisse erlaubte er sich, zu erwähnen.

Sie waren kein Gefühlsmoment, sondern gehörten in das Gebiet der sozialen Angelegenheiten.

Er wünschte auch einzufügen, dass sich das Fräulein die Angelegenheit immer wieder und wieder überlegen sollte. Denn das hielt des Herrn Kanzleioffizials Rechtlichkeit in solchem Fall als für dringend notwendig.

Aber er unterließ es schließlich. Nicht etwa aus Feigheit.

Er hatte sich gesagt, dass solche Ausführungen den Brief zu weitschweifig machen würden. Er fühlte sich nicht kräftig genug zu einem langen Schreiben. Dieser ungewöhnliche Gemütszustand hatte ihn ermattet. Körperlichen Hindernissen muss man sich beugen.

So füllte der Brief, als er schließlich die Form erhalten hatte, die Herr Blümel für zweckmäßig hielt nach aller Überlegung, nur eine knappe Seite.

Alle Gefühle waren wieder herausgewandert. Nur Tatsächliches war geblieben. Es war klar und sachlich auseinandergesetzt.

Am Schlusse wurde das gnädige Fräulein höflichst gebeten, der bedeutsamen Angelegenheit mit einem schnellen kurzen Ja oder Nein endgültig bindenden Abschluss zu geben.

Dieser Brief wurde auf dem gediegensten besten Papier geschrieben. Herr Blümel hatte es nach langer Wahl erstanden in dem besten Luxusgeschäft der Kärntner Straße.

Der Frau, die ihn ein Leben lang verstehen sollte, musste dies mehr sagen können als alle süßen Worte, zu denen sich das gefügige Alphabet von jedermann zusammendrechseln lässt ...

Dieser Brief wurde von Herrn Blümel selbst bis an den Postwagen des Berliner Zuges gebracht. Gehüllt in Seidenpapier, das erst dort an Ort und Stelle entfernt wurde.

Darauf wurde im Notizbuch genau die Abfahrtszeit vermerkt und verschiedene Berechnungen dazu, wann eine Antwort erwartlich sein könnte.

Man wartete die Abfahrt des Zuges ab, der hinausbrauste in eine sommerliche Sternennacht, und schon schien es, wie wenn man eingereiht wäre in jenen frohen Kreis jener Reichen, die an Bahnhöfen Willkomm und Abschied winken durften.

Zögernd gab man die Bahnhofskarte zurück, deren Unkosten ruhig gewagt worden waren, der Einmaligkeit dieses Vorkommnisses wegen.

Obwohl sich Herr Blümel sonst keine Vorhersagungen anmaßte, er glaubte es bestimmt zu wissen, dass sich solche Briefsendung niemals in seinem Leben wiederholen würde.

Stark dufteten heute Blumen, Beeren, Kräuter, Sträucher im Nachttau nach heißem Hochsommertag. Fern am Horizont gilbte letztes Sonnenlicht, wie wenn schon erster Herbstschein den Sommer überschleichen wollte. Wer zu zweit dem Leben trotzen könnte, würde das Frösteln nicht mehr zu fürchten brauchen.

Musik kreiste über den Dächern, durchstrich die Straßen und zog hinaus über die Furchen der welligen Wiesen, wie auf Notenlinien.

Musik war Liebe. Wien war Musik. Der rund um die Stadt gebogene Wald blies die Töne weiter als schallweites Horn über die weinbeflochtenen Höhen, durch die Täler, in die Kräuselwellen des Donaustroms, der sie mit sich nahm bis zum Orient.

Es konnte schon als Geschenk gelten, jemandem das Heimatrecht dieser Stadt anzubieten ...

Im Büro behauptete man, die vergnügte Farbe von des Herrn Kanzleioffizials kühner Krawatte verjünge den ganzen Mann.

Wirklich war Herr Blümel heiter, gesprächig, beweglich wie nie zuvor.

Er berichtete Scherze, er überreichte dem neuen Kollegen eine rote Nelke, die dieser seiner jungen Frau nach Hause bringen sollte.

Er hatte diese Blume gefunden, fügte er entschuldigend hinzu.

Man zwinkerte sich gegenseitig an, hinter seinem Rücken, dass diese Erklärung nicht nötig gewesen wäre. Man hätte es als selbstverständlich angenommen. Trotzdem blieb es ungewohnte Aufmerksamkeit.

Man irrte sich wieder.

Herr Blümel hatte die Nelke gekauft ...

Konstanze, neugierig, zog den kostbaren Briefumschlag als ersten aus der Morgenpost hervor.

Sie erkannte Herrn Blümels tadellose Handschrift sofort. Sie war überzeugt davon, seine Verlobungsanzeige vor sich zu haben.

Ein wenig Enttäuschung beklomm sie über den Verlust des kleinen Angelspiels im Teich der Möglichkeiten, das nun damit vorbei war. Sie hatte sich oft die Verblüffung verschiedener vorgestellt, wenn sie plötzlich nicht mehr in Berlin zu finden gewesen sein würde.

Beispielsweise auch die Udo von Silkens, wenn er bei einer endlichen Rückkehr die Erfahrung machen musste, dass sich auch andere vom Platz bewegen können.

Der Inhalt des Briefes, endlich geöffnet, verursachte also verdoppelte Überraschung.

Das war eine steife Werbung.

Konstanze lachte.

Und las den Brief noch einmal.

Immerhin, es war der schwerwiegende Wunsch von Mensch zu Mensch zu lebenslänglicher Gemeinschaft.

Udo hatte oft gesagt, dass nur Heuchler in einschneidenden Augenblicken geschickte Worte zur Verfügung haben konnten.

Konstanze weinte plötzlich.

Bewusst geworden ihres Alleinseins. Niemand neben sich als den eigenen Schatten.

Die Mutter war längst der Blitzwandlung dieser Zeit aus dem Wege gegangen. Ohne je eine eigene Meinung gehabt zu haben.

Der Vater war aufrechte Dekoration der guten Stube, mit deren veralteter Moral er heute noch nicht fertig war. Er nahm zwar die Unkosten seines Daseins aus den Händen der Tochter, unter der Parole: dass, wer lebe, leben müsse. Aber er verleugnete nicht die Geringschätzung, die er Ladendamen entgegenbrachte.

Er blieb der Vater im Krieg gefallener Offiziere, der ordengeschmückte Beamte eines Kaiserreichs.

War es nicht die ähnliche Geradrückigkeit, die den Herrn Kanzleioffizial sofort vertrauensvoll hatte erscheinen lassen? Ist vielleicht alles Erbe? Wird man hineingeboren in einen festgeschlossenen Lebenskreis, dem man so wenig zu entschlüpfen vermag wie die Maus der Falle?

Grübelei und Brief mussten beiseitegelegt werden. Der Arbeitstag begann. Fremde Hände, gezeichnet mit dem goldnen Ring des Lebensbündnisses, Schutz und Halt irgendeiner anderen, wurden berührt als Sachlichkeit.

Der breite Briefbogen, mit den geraden Worten der Werbung zwischen Uhr und Kasse, schimmerte weiß wie wartende Güte.

Wie wenn dort endlich jemand spähte, dass sie sich nicht übermüde, argwöhnisch aufpasste, dass fremde Finger auch fremd blieben. Unruhig verfolgte, ob die Leiter auch nicht schwanke, auf der sie geschwind hinaufklettern musste, um an das oberste Regal heranreichen zu können.

Zweimal schon hatten diese korrekten Buchstaben, die von jenem festen Bogen leuchteten, Konstanze warnend daran erinnert, schnell aufgestellte Rechnungen noch einmal zu überzählen, und sie damit vor Schaden bewahrt.

Schon fühlte sich Konstanze beschützt. Glaubte sie nicht mehr, allein zu sein. Meinte sie begreifen zu können, welche Kraft zu gewinnen sei, wenn das Leben zu zweit getragen würde.

Schon meldete sich Verantwortungsgefühl gegen solchen Beschützer.

Konstanze musste sich die Unruh', Spannung, Ungeduld seiner Erwartung vorstellen.

Schon neckte Gattinnenbesorgnis, geerbt von immer ängstlich gewesener Mutter, ob solch peinigende Wartequal nicht gesundheitsschädlich sein könnte. Baldrian, Pfefferminz und ähnliches, durch starken Geruch untilgbar der Kindheitserinnerung anhaftend, waren der Mutter zeitlebens bereit gewesene Waffen gewesen in allen solchen Unruhmomenten, in immer geordneten staubfreien Stuben. Sie glaubte, ihren Duft zu spüren.

Konstanze blickte sich um. Es war genau so gewesen, wie wenn jemand gegähnt hatte, laut wie aus der tiefen Langweile von Tagen heraus, von denen jeder still gehorsam dem andern gleicht.

Tonleiterartige Mundmusik, wie sie Udo als Junge vorgetäuscht hatte, wenn jemand zu klagen versuchte über Teuerung, Krankheit, Alter, kurz über unangenehme Dinge.

Konstanzes Mitleid mit dem Wartenden verringerte sich.

Wurden Liebende nicht von jeher auf die Probe gestellt? Früher verlangten die Frauen, Früchte aus Drachenhöhlen geraubt, Edelsteine vom Grund des Meeres heraufgeholt zu bekommen.

Was galt dagegen die Möglichkeit, dass dem Herrn Kanzleioffizial einmal die Buchstaben der Zeitung vor Augen tanzten wie Mücken, deren Stiche er vielleicht ärger fürchtete wie einstmals der Rittermut die Drachenzähne.

Kaum dies gedacht, kam schon das Mitgefühl wieder zurückgeschlichen wie ein zu unrecht abgewiesener

Bettler, dem nun Gewissensbisse doppelte Gabe reichen ließen.

Die Mutter, die Bescheidene, Sorgsame, hätte den Herrn Kanzleioffizial zu loben gewusst ...

War dies der Grund, dass die schmale schnelle Nachbarin behaupten konnte, Spuren von Tränen an Fräulein Konstanzes Augen zu entdecken? Jede Möglichkeit dazu wurde lachend bestritten.

Nie wäre Konstanze so stillvergnügt gewesen als gerade heut.

Die Leichtgewichtige war geschwind überzeugt davon, erfüllt von Wünschen eigener Lebensgestaltung.

Sie war beschäftigt damit, Herrn Kilian zu loben als Meister und Vorbild eines zu erträumenden Ehemannes. Selbst seine Missgestalt rechnete sie zu den Vorzügen.

Seine Ehefrau würde weniger eifersüchtig sein müssen, wie wenn sie einen beäugelten und wiederäugelnden Schöngewachsenen betreuen müsste.

Wie beispielsweise die Bedauerliche, die einmal von Herrn Udo von Silken erkoren werden würde. Sie würde ihren Gatten an der Leine führen müssen.

Konstanze hatte erwidert, dass Udo sicherlich niemals heiraten werde.

Das Schokoladenfräulein lachte. Eigentlich nur, weil sie fröhlich war. Denn Herr Kilian hatte soeben das Maß von ihrem rechten Ringfinger genommen. Den Grund hatte er nicht verraten wollen.

Konstanze beleidigte das Lachen.

Sie sagte, ob die Anspielung auf Konstanzes nicht geweinte Tränen, in Verbindung mit diesen vielen Anspielungen, über den Ferngereisten gemeint gewesen? Wie wenn sie vielleicht geweint darüber hätte, dass das Leben von Glücken voll sein könnte, wenn sie Udos Anblick wieder vor Augen hätte?

Übermütiges Lachen gelang Konstanze. Keiner kenne den andern, auch wenn man sich noch so nachbarlich.

Sie wollen nun nicht mehr heucheln, sich nicht mehr verstellen, keine Geheimniskrämerin mehr sein. Offenheit gegen Offenheit.

Sie wolle es eingestehen, ihr Lebensweg hatte sich vereint mit dem des Herrn Kanzleioffizials Blümel in Wien.

*

Telegramme waren dem Herrn Kanzleioffizial Boten des Schreckens.

Er hatte darum die Möglichkeit außer Acht gelassen, dass Konstanzes Antwort auf diese beschleunigte Weise zu ihm gelangen konnte.

Es ging ihm daher wie manchem seiner Art, er hielt sein Glück erstmals für einen Irrtum.

Selbst dann noch, als er diesen Papierstreifen, der umständlich ineinandergeschlungen war wie eine Damenschleife und damit jedem Willen zur Eile Hohn sprach, gewissenhaft auseinandergefaltet hatte und das einzige kurze Wort deutlichster Bejahung, in Verbindung mit Konstanzes Namen, vor sich hatte.

Genau seinem Wunsch gemäß. Klipp und klar in schmuckloser Einfachheit.

Gerade darum zweifelte Herr Blümel daran.

Nicht etwa, weil er doch auf die Umrankung eines zarten Wortes oder gar mehrerer gehofft hätte.

Sondern, weil er auch der bestgeratensten Frau diese männliche Kurzentschlossenheit nicht zutraute. Wenigstens nicht ohne zweifachen Beweis.

So telegrafierte er zurück, dass er briefliche Bestätigung drahtlicher Zusage erbitte.

Allzu viel Vorsicht ist nicht weniger gefährlich als Leichtsinn.

Konstanze war längst beunruhigt, bedrückt, verwundert ob der Geschwindigkeit ihres gestrigen Entschlusses. Sie zögerte einen ganzen Tag lang, ob sich nicht alles wieder rückgängig machen lassen könnte und ihre Sehnsucht wieder frei im Blauen schwimmen dürfe, auf den Wellen ihrer Wünsche.

Aber auf dem kleinen Schreibtisch, im Ladenwinkel, standen schon kleine Verlobungsgeschenke, gebracht von Herrn Kilian und der schlanken Nachbarin. Ein Lederband von Büttenpapier zur Eintragung wichtiger Daten und lieber Ereignisse und ein Amor, teils aus Schokolade und teils aus Marzipan.

Dafür hatte sich Herr Kilian erlaubt, den Globus wieder zu sich hinüberzuschaffen, damit Fräulein Konstanze mehr Platz gewann im engen Raum.

Mittags schon bedauerte er dies.

Er hätte Fräulein Konstanze gern die Stelle auf der Weltenkugel gezeigt, woher ihm heute eine bunte Karte zugekommen war.

Wieder ein Gruß Udo von Silkens. Meereswellen und ein beängstigend schiefes Segel waren darauf zu sehen. Dazwischen stand schwer leserlich geschrieben, dass Herr Udo zurückzukehren gedenke, um sein Geschlecht ehelich fortzupflanzen, auch wenn das Ahnenschloss seiner Urenkel nur ein Vorlegeschloss vor dunkler Kellertür sein würde.

Herr Kilian fühlte sich geehrt über das Vertrauen des Herrn Barons.

Das Schokoladenfräulein aber hielt diese Nachricht für Verspottung.

Da Herr Kilian höchsten Respekt vor dem sicheren Urteil des gescheiten Fräuleins hatte, schwieg er sofort überzeugt.

Beschämt bot er Konstanze wenigstens an, sich drüben im Laden des Globusses bedienen zu wollen, um den Punkt zu betrachten, von dem aus das schiefe Segel gekommen. –

Konstanze dankte mit Lächeln. Sie hätte nach Wien zu schreiben.

Sie legte vor den Augen der gescheiten Nachbarin ein Seidenbändchen, geformt zum Ring, in einen Briefumschlag ...

Konstanze glaubte, blitzschnell geantwortet zu haben. Aber die Sonne hatte doch viermal auf- und niedergehen müssen, bevor der Herr Kanzleioffizial diesen Brief endlich in Händen hatte.

Seine Unruhe war groß gewesen. Am dritten Tag fühlte er geradezu Übelkeit im Magen. Er führte sie auf den

Umstand zurück, dass ihm die gewohnte Morgenzigarre fehlte.

Er hatte sie dem Postboten angeboten, als dieser verneinte, einen Brief für Herrn Blümel zu haben, und dieser ihn ersuchen musste, die Postsachen noch einmal gründlich durchzusehen.

Im Büro verriet der Herr Kanzleioffizial seine Unruhe mit keinem Wort.

Er sprach nur ganz im Allgemeinen von Lebensbündnissen zwischen Mann und Weib besonderer Art und den Hindernissen, die sich solchen leicht entgegentürmten. Er verfehlte auch nicht, auf berühmte Vorbilder des Menschentums hinzuweisen und war gerecht genug, zuzugeben, dass ein gefestigter Charakter berechtigt wäre, die Zahl dieser Ausnahmen zu erhöhen in eigener Person.

Man kam auf Einzelheiten zu sprechen, symbolische wie praktische, aus dem Geschicke erweckter Herzen.

Auch hier bedeutete Wissensaustausch Zulernen, Bereicherung.

Herr Blümel bezweifelte, ob er ohne diese Gespräche so einfach verstanden hatte, was der Seidenring zu bedeuten habe und von ihm verlangte.

So aber wurde schon am Abend des andern Tages ein Goldring im gleichen Format an Fräulein Konstanze abgesandt.

Mit der Mitteilung, dass das Seitenstück besagten Gegenstandes an der linken Hand des Herrn Kanzleioffizials glänze.

Als Herr Blümel am anderen Morgen die Glückwünsche der Herrn Kollegen in lächelnder Zurückhaltung abwehrte, konnte er sich nicht enthalten, auch andere von seiner neuen Lebenserfahrung Gewinn ziehen zu lassen.

Er verhehlte nicht, dass er ein Übereinkommen zum Lebensbund auf schriftlichem Weg für etwas so Einfaches, Empfehlenswertes halte, dass er sich wundere, dass man dergleichen jemals auf andere Weise vollziehen könne ...

*

Als Zeitungsleser wusste der Herr Kanzleioffizial aus zahlreichen Plaudereien, dass die Verlobungszeit als die reichste des Lebens galt.

Die Wirklichkeit brachte ihm volle Bestätigung dafür.

Seine Tage waren ausgefüllt mit der unermüdlichen Folge neuer Erlebnisse, sie strotzten voll wichtigfroher Geschäftigkeiten, aus denen sich die Zukunft zimmern sollte.

Jeder Morgen brachte einen Brief aus Berlin voll klarer Wünsche und Anordnungen.

Vor jedem Abend musste die Antwort darauf abgegangen sein mit genauer Auseinandersetzung, in welcher Weise man versucht hatte, allen gestellten Wünschen volle Gerechtigkeit geschehen zu lassen. Oder warum dies beim besten Willen nicht gelungen war.

Im Kaffeehaus saß der Herr Kanzleioffizial nicht mehr allein. Zum Zeitungslesen kam er nicht mehr. Er vermutete, dass sein Wohlbefinden, sein Behändsichfühlen wahrscheinlich davon käme. Er wusste nun nichts mehr von den Unglücksfällen, weder lokaler noch internationaler Art.

Er erlebte statt dessen lange Besprechungen mit Fräulein Steffi Pichler, die er, bezüglich provisorischen Ladenaustausches, in Konstanzes Namen zu führen hatte. Die Damen wollten zuerst auf ein Probejahr gegenseitige Stellvertretung übernehmen.

Der Herr Kanzleioffizial war einverstanden damit, dass keine längergehenden Verpflichtungen übernommen wurden.

Er hatte eigene Hoffnung und Pläne in dieser Hinsicht. Seit er in einer Zeitschrift Abbildungen kleiner Erfindungen studiert, die zu großem Vermögen geführt hatten. Wie beispielsweise die Sicherheitsnadeln, der Druckknopf, die Rasierklinge.

Ihm schwebte etwas Ähnliches vor. Ein Regenschirm aus Gummi, aufpustbar und somit tragbar in der Tasche oder am Gürtel hängend wie ein Taschentuch. Mit ihm wäre die Menschheit auf allen fünf Erdteilen ein für alle Mal vor dem Nasswerden auch des überraschendst kommenden Regens geschützt. Ein Radikalmittel zugleich gegen Grippe, Schnupfen, Rheumatismus.

Erst im eigenen Heim, gesichert vor Späheraugen am Schlüsselloch, wollte sich der Herr Kanzleioffizial der friedlichen Arbeit dieser Erfindung zuwenden.

Gelang sie ihm, würde eine schöne Frau nicht lange mehr nötig haben, fremde Finger in die Hand zu nehmen. Herr Blümel also ahnte schon die Vorteile eines eigenen Heims. Er nahm es daher nicht als Last auf, dass er nun Wien, suchend nach einem solchen, durchwandern musste in der Mittagpause, am Feierabend, oft selbst vor dem Frühstück.

Es lief sich leicht. Wien war schön überall. Und jeder Weg war ihm mit Glückwünschen gepflastert. Alle lächelten den Herrn Bräutigam an. Ein Zufriedener, Hoffnungsvoller scheint die Freude mit sich zu führen.

Auf Anraten Konstanzes sollte nur eine fertige Wohnung übernommen werden. Eigenes erst gekauft und gesucht werden, wenn Konstanze selbst herausgefunden haben würde, welcher Winkel Wiens ihr der liebste geworden.

Der neu verheiratete Kollege half zum raschen Gelingen bei dieser Pflicht durch seine Kenntnisse des Selbsterprobten.

Ein wenig beunruhigte diese Hilfsbereitschaft den Herrn Kanzleioffizial. Glaubte der Jüngere vielleicht, dass späte Ehe das Leben verkürze, wie Herr Blümel selbst irgendwo einmal zu lesen gehabt haben glaubte, in dem ärztlichen Ratgeber einer Zeitungsbeilage?

Aber er hatte jetzt nicht Zeit, sich mit solchen Bedenken aufzuhalten. Der nächste Moment musste sie verschlingen.

Was man geworden ist, ist man. Jetzt musste Herr Blümel darauf bedacht sein, seinem neuen fröhlichen Lebenszustand gerecht zu werden.

Auch äußerlich schien ihm dies gelungen zu sein. Er trug nun auch die Strümpfe in der gleichen vergnügten Farbe des Schlipses und die Schuhe verschwenderisch in genau passender kleiner Nummer ...

Auf diesen bunten Socken hatten sich die Tage karussellschnell abgedreht.

Schon reichte der Hochsommer die reifen Früchte dem farbigen September.

Früher Herbstwind wehte Blümels Hochzeitstag heran.

Übermorgen hieß es, den Zug nach Berlin zu besteigen.

Sein Zimmer, lange ihm Heimat und Welt, war Herrn Blümel schon fremd geworden.

Nicht nur der eigene, schon gepackte Koffer, der übrigens unangenehm sargähnlich wirkte, veränderte den ganzen Raum. Es waren schon Möbelstücke nachfolgender Mieter, bunt durcheinander verstaut, in diesem Raum, der sonst nur behagliche Korrektheit gekannt hatte. Kommoden, Stühle standen kreuz und quer, dazwischen eine Wiege.

Der junge Herr Kollege, auch beim Packen des Koffers kollegial behilflich, lebenskundig und umsichtig, konnte sich's nicht versagen, zu dem hochzeitlichen Bräutigam einen Scherz zu machen über die Anwesenheit dieser ersten menschlichen Ruhestätte des Lebens.

Er bereute diese Respektlosigkeit sofort.

Zu seiner Freude aber konnte er bemerken, dass Herrn Blümels Gesicht keinen beleidigenden Ausdruck angenommen hatte. Im Gegenteil, es trug das Lächeln des sich geschmeichelt Fühlenden ...

Der Koffer wurde schon am Vorabend der Reise zum Bahnhof gebracht.

Dadurch wurde das Zimmer wenigstens wieder zur Hälfte vertrauter.

Das war gut. Denn Herr Blümel hatte den Plan, hier noch eine geheime Feierlichkeit vor sich gehen zulassen vor seinem Fortgehen für immer.

Ganz ohne Poesie sollte dieser Abschiedsabend vom Junggesellentum nicht in die Ewigkeit fallen.

Über solche letzten Stunden eines Junggesellentums hatte ein Mann wie Herr Blümel, abgeneigt jeder Weiblichkeit, bis auf diese einzige Ausnahme, die er nur als Bestätigung dieser Tatsache aufnahm, oftmals nachgedacht, sich ihre Empfindung vorgestellt. Sie ähnlich vermutet den Gefühlen vor einer schweren Operation mit langer Narkose.

Wann die Kindheit fortgeht, wann das Alter kommt, kann niemand spüren, bevor es nicht schon geschehen.

Den Abschied vom Einzelleben zu nehmen aber ist der Mensch imstande.

Der Herr Kanzleioffizial wollte von dieser Fähigkeit vollen Gebrauch machen. Er wollte mit vollem Bewusstsein, mit feierlicher Nachdenklichkeit diese Lebensbiegung überschreiten.

Ganz ohne Anleitung, ohne Vorbild, brauchte er auch hier nicht zu handeln. Viele vor ihm hatten Ähnliches beabsichtigt und ausgeführt.

Auch über diese sonderbaren Augenblicke des Menschenlebens erschienen dann und wann Plaudereien, gedankliche und ernsthafte, auch spöttische und scherzhafte, die einem gewiegten Zeitungsleser nicht hatten entgehen können.

Am eindrucksvollsten war dem Herrn Kanzleioffizial aus solcher Lektüre der Ratschlag zurückgeblieben, diesen letzten Abend unbeschränkter Freiheit allein zu verbringen, vor einem Ofen, indem man sein Junggesellenbett mit allen seinen Erinnerungen verbrannte. Gleichzeitig sich auch innerhalb wärmend, indem man in schweren Schlucken langsam eine Flasche besten Burgunders leerte.

Diese Feier in ihrer leidenschaftlichen Größe dünkte dem Herrn Kanzleioffizial beinah heidnisch. Außerdem bedeutete sie für ihn keine große Kostspieligkeit.

Sein Bett, Erbteil aus urväterlichem Hausrat, war morsch, war durchbohrt, durchpocht vom Holzwurm, hatte sich selbst längst überlebt.

Herr Blümel hätte es mit eigenen Händen leicht zu Brennholz brechen können. Es würde keinem Umzug mehr standgehalten haben.

Zufällige Rücksprache jedoch mit einem Tischler, der in Angelegenheit der künftigen Mieter das Zimmer betrat, belehrte Herrn Blümel eines besseren. Er erinnerte ihn, wenn auch nicht auf unangenehme Weise, daran, dass man nie Urteile fällen sollte auf Gebieten, wo man nicht Fachmann ist.

Der Sachverständige bot für solches Bett immer noch soviel, wie für eine Flasche guten Burgunderweins zu verausgaben war.

Obendrein erklärte er sich bereit, einen der Bettpfosten, jenen, in dem sich der Holzwurm häuslich eingenistet hatte seit Generationen, dem Herrn Kanzleioffizial zurückzulassen.

Herr Blümel war einverstanden. Schneller, wie er sich sonst zu Entschlüssen verstand.

Es war ihm klar, dass sein feierliches Vorhaben heute Abend eine symbolische Handlung bedeuten sollte. Es würde also vollkommen ausreichend sein müssen, wenn nur ein Teil des Bettes verbrannt werden würde.

Bei näherer Überlegung sagte er sich, dass die Verbrennung des ganzen Bettes sogar ungesund erhitzend gewirkt haben würde.

Zumal noch kein Winterfrost zu überwinden war.

Wenn sich auch das Wetter diesem heidnischen Brandfackelfeld heftig anpassen zu wollen schien.

Es kühlte sich ab von Stunde zu Stunde.

Der Wind warf welke Blätter gegen die Scheiben.

Regen, steinkalter, siebtropfiger, setzte ein, als Herr Blümel seinem Heim zueilte, im Arm die gekaufte Flasche Burgunder.

Das heißt, seinem Zimmer zustrebte, das nur noch ein halbes Heim war. Ebenso wie der Burgunder nur zur Hälfte Burgunder war. Vielleicht nicht einmal das.

Genau gesagt, nur dem Namen nach Verwandtschaft mit jener köstlichen Flüssigkeit des Sonnenrots aufzuweisen hatte.

Es war eine Punschsorte dieses Namens, zu der man dem Herrn Kanzleioffizial freundlich zugeraten, als man ihn hatte erblassen sehen über den Preis der echten Weinsorte.

Dieser Punschextrakt war mit heißem Wasser zu verdünnen, mit Zucker zu versüßen. Beides eine Kleinigkeit für den Herrn Kanzleioffizial.

Das heiße Wasser lieferte der Ofen, sobald ihn das brennende Holzbein des fortgetragenen Junggesellenbettes anzufeuern begann.

Zucker hatte Herr Blümel als Stammgast eines guten Cafés stets in allen Rocktaschen ...

Die Feier begann. Das Feuer flackerte. Der Punsch wärmte. Er glitt hinunter, schnell wie das Leben selbst, sobald es sich um angenehme Stunden handelte.

Der Wind, erst draußen heulend, war plötzlich in den Ofen gefahren, er jammerte dort, wie wenn eine Hexe verbrannt würde. Oder ein Stück lebendiger Lebenszeit.

Herr Blümel trank zwei Gläser geschwind hintereinander leer.

Das tat gut.

Wundervoll war doch das Leben.

Leicht. Federleicht.

Was man sich wünschte, hatte man schon. Man brauchte sich nur einmal rasch auf dem eigenen Absatz herumzudrehen, und man war jeden Ärger los.

Warum sich denn ärgern? Worüber denn?

Wem's kalt ist, der trinke etwas Warmes. Wem es zu heiß ist, der löffle Eis. Wem's zu süß ist, der nehme Zitrone. Wem's zu sauer ist, der lasse Zucker über den Rand des Glases springen.

Das Glas war übrigens merkwürdig rund.

Auch das Zimmer.

Niemals war dem Herrn Kanzleioffizial so augenfällig klar geworden, wie sich alles im menschlichen Dasein der Erdform anpasste. Auch ihren Drehungen und Schwingungen.

Er fühlte sich verpflichtet, über diese neue Entdeckung nicht flüchtig hinwegzugehen, sondern sich in sie zu vertiefen, indem er fest und lange auf einen Punkt zu starren suchte.

Da hatte er's. Deutlich bemerkte er, wie sich die Erde um sich selbst drehte.

Er starrte weiter. Alle Erfindungen verdanken ihre Entstehung der Beharrlichkeit ...

Funken, die aus dem Ofenloch stiebten, lenkten Herrn Blümels erweckten Forschersinn dorthin.

Sie erinnerten ihn an ein Feuerwerk.

Herr Blümel war ein Freund dieser luftigen Abendvergnügungen. Er hatte keine solcher Festlichkeiten versäumt. Immer wieder erregte es sein Verwundern, wie die abgeschossenen Leuchtkugeln, sternengleich, im Weltall zu tanzen verstanden.

Beinah noch mehr bestaunte er die vielen, die es für nötig hielten, Eintrittsgeld für diese Belustigung zu zahlen. Herr Blümel hatte noch immer einen Standort gefunden, von dem sich die Unterhaltung kostenlos genießen ließ. Wozu seiner Meinung nach für den Zuschauer nichts anderes nötig war, als eine Weile den Kopf recht hochzuhalten. Eine Übung, die jedermann nur gut tun konnte.

Schon wollte sich Herr Blümel auf den nächsten Sommer und auf diese seine Zerstreuungen freuen.

Da erinnerte er sich, dass er nicht mehr so einfach über sich selbst verfügen konnte.

Würde man eine Dame wie Konstanze in das Gedränge der außenstehenden Nichtzahler führen dürfen?

Würde er selbst wünschen, dass seine schöne Frau von jedem gestreift werden konnte, der hier im Gewühl Feuerwerk erleben wollte?

Man würde auf dieses Vergnügen verzichten müssen. Oder das Eintrittsgeld anlegen müssen für zwei Personen.

Ein Schluck, zwei, drei, vier Schluck des wärmenden Punsches ließen sich Herrn Blümel auch darüber hinwegdrehen, mit leichter Erddrehung auf nicht schief zu tretendem Gummiabsatz ...

Das Ofenloch pustete weiter.

Aber was war das?

Zwischen den hübschen sprühenden Funken erschien ein gräulich unappetitlicher Wurm.

Er wuchs und wuchs, bis er einem Drachen ähnelte, einer Art Getier, wie es sonst nur in Sagen und Bilderbüchern vorkam und für das der Herr Kanzleioffizial niemals Interesse oder Sympathie gespürt.

Das Untier hockte sich breit zwischen die Ofenwärme und den Herrn Kanzleioffizial nieder. Kein Wunder, dass dieser zu frösteln begann.

Lächerlich, dieses Ungetüm, das es doch gar nicht gab, begann zu sprechen.

Herr Blümel war genötigt zuzuhören.

Er wäre gern aufgestanden. Sobald er sich jedoch zu bewegen begann, rutschte das Ungeheuer näher.

Herr Blümel war nicht feige. Darüber war er sich klar.

Aber er war auch nicht unhöflich. Aus diesem Grund war er nicht fähig, diesem Ungeheuer einfach zu sagen, dass er überhaupt nicht an seine Existenz glaube. Und dass er es für eine Erfindung halte. Obendrein für eine äußerst ungesund wirkende.

Er hörte also zu. Aus Höflichkeit.

Er lächelte sogar, als dieses Schauderwesen ihn mit Du anzureden begann. Mit der Begründung, dass es jahraus, jahrein mit ihm zusammengeschlafen hätte.

Wozu solchem Scheusal widersprechen?

Herr Blümel hielt gar nichts vom Widerspruch. Er brachte nur Erregung ohne Zielmöglichkeit. Irrtum muss sich selbst aufklären, Worte sind machtlos. Bedauerlich jeder, der sich dies nicht selbst sagen kann.

Aber beinah hätte Herr Blümel gelacht, als sich ihm der neue Duzbruder als der alte Holzwurm vorstellte, der in seinem Bett gehaust, seit sich dies aus einem Eichbaum in diesen nützlichen Gegenstand verwandelt hatte. Und der nun durch Herrn Blümels Vorgehen eigenmächtig und unerwartet obdachlos geworden war.

Herr Blümel, festgewillt, nicht widersprechen zu wollen, musste doch ungläubig den Kopf geschüttelt haben.

Vielleicht laut gesagt haben, dass er es nicht liebe, zum Narren gehalten zu werden. Er wisse genau, wie viel

Platz in der Höhlung eines Bettpfostens vorhanden wäre.

Das Ungetüm rückte näher.

Es fragte, ob Herr Blümel dies wirklich genau wisse? Ob er überhaupt etwas genau wisse?

Bevor der Herr Kanzleioffizial dieser beleidigenden Äußerung hätte gegenübertreten können, wurden ihm neue Fragen entgegengeschäumt.

Ob er wirklich Bescheid wisse in den Größen und Maßen?

Ob er wirklich wisse, wie groß die Zuneigung seiner zukünftigen Frau ihm gegenüber wäre? Wieweit die eigene zu ihr ginge?

Wie hoch das Maß der Jahre zu messen sein würde, die sie beide zusammen verbringen sollten? Wie groß ihre Zufriedenheit, ihre gegenseitige, sein würde? Wie viel ihre Freude aneinander wiegen würde? Wie schwer oder leicht das beiderseitige Vertrauen abzuwägen sein würde? Wieweit es wäre zwischen seiner Frau und jenem blonden Herrn, den er neben ihr gesehen, als sie Herrn Blümel beinah noch eine Fremde gewesen sei? Wie weit überhaupt die Entfernung zwischen Mensch und Mensch?

Herr Blümel quälte sich, diesem Examinator standzuhalten. Nicht durch äußerliche Beantwortung. Erachtete seinen eigenen Willen, der ihm hier vornehmes Schweigen gebot. Aber um sich selbst Rechenschaft zu geben.

Es gelang ihm nicht, zur Klarheit der Beantwortung zu kommen. Im Wirbel dieser unangenehmen Herausforderungswucht.

Außerdem begann das Ungetüm, schon wieder zu sprechen. Zudem noch ein wenig näherrückend.

Es schnarrte, dass es Beobachter aller Ahnen des Herrn Kanzleioffizial gewesen und also Herrn Blümel genau kenne. Alle Atome, aus denen er zusammengesetzt sei. Sparsamer Sohn des sparsamen Enkels. Zur Pfennigrechnung, beständiger, verurteilt zwischen Leben und Tod.

Das Scheusal grinste und behauptete jetzt, dass Herrn Josef Blümels Herrn Papa im Augenblick der Zeugung gerade eingefallen wäre mit scharfem Schreck, dass er am frühen Morgen dem Milchmann fünf Kreuzer zu viel gezahlt habe.

Das ganze Leben dieses Sohnes musste nun dazu dienen, diese fünf Kreuzer wieder einzusparen, wieder und wieder, jeden Tag aufs Neue ...

Hatte Herr Blümel, trotz Abneigung gegen jegliche Art von Debatten, doch gerufen, dass er sich solche Unverschämtheiten verbitte?

Das Ungetüm lachte plötzlich so unangenehm grell auf und schnaufte, dass Bruder Blümel nicht immer alles besser wissen wollen sollte. Dass er endlich sich selbst erkennen sollte, sich und seine Art.

Alle waren sie einmal Hochzeiter und Hochzeiterin gewesen. Jede Jugend verblendete die gleiche Hoffnung. Allen dünkte geheimnisvoll, was so einfach ist wie die Urkraft unverbrauchter Affen, wenn Dunkelheit schützt.

Wenn nur er und sie da ist und alle anderen Dinge ausgelöscht sind.

Aber alles, was später komme, ist überflüssig.

Die Freude, ein langes Leben vor sich zu haben, verpulvert sich ins tägliche Gleichmaß, das aus Hunger und Durst besteht, auf Reichtum und Wohlbehagen ausgeht. Sonntagskleider werden zur Schau getragen. Die Seele aber muss auch feiertags weiter rechnen ...

Hatte sich Herr Blümel plötzlich so weit vergessen, dem Ungetüm einen Fußtritt zu versetzen?

Es hatte sich aufgerichtet, von einem Atemholen zum andern, es saß nun Aug' in Aug' mit Herrn Blümel und pustete ihm jetzt mitten ins Gesicht hinein, dass Modenschnitt und Tanzschritt allein sich ändern. Mann und Weib dieselben geblieben wären seit Adam und Eva. Sich das Lebensmark aussaugend im Opfergeben, Opfernehmen.

Wer allein lebt, wird alt.

Ganz nah, hart angepresst an Herrn Blümel, zischte der wachsende Wurm:

»Folg' meinem Beispiel, Bruder. Wer allein sich durchnagt, hat überall Platz, wird nicht vom Nächsten betrogen, bestohlen, heimlich vergiftet und begraben unter Tränen. Diesen lieblichen Tröpfchen, die immer glänzen, gleichviel ob sie Trauer begießen oder Freude.

Nimmt man ihm heute sein Bett, kriecht er morgen in ein besseres.

Ich werde mich nun in jene Wiege nagen. Das wird mich verjüngen. Ich fange von Neuem an. Vielleicht entdecke ich endlich, ob das Leben mehr Zweck hat oder der Tod. Jedenfalls sind es zwei unvereinbare Sachen ...«

*

Wirklich wälzte sich das Ungetüm fort. Mit solcher Wucht, dass Herr Blümel vom Stuhl stürzte.

Alle seine Knochen schienen zerschmettert.

Er wollte sich retten, wollte leben, gesund bleiben, alt werden.

Mit peinigender Anstrengung gelang es ihm, sich zu bewegen.

Er saß auf dem Boden seines ausgeräumten Zimmers. Es war kalt wie auf einer Gartenbank im Winter.

Der Ofen war ausgebrannt.

Von einem Ungeheuer war nichts mehr zu sehen.

Doch neben dem Herrn Kanzleioffizial lagen Punschflasche und Glas und Scherben.

Scherben sollten Glück bedeuten. Endlich konnte der Herr Kanzleioffizial einmal seine Nichtachtung des Aberglaubens beweisen.

Er wusste es besser. Scherben waren eine Warnung. Hier standen sie deutlich im Zusammenhang mit dem schweren Traum.

Herr Blümel wollte denken, überlegen, herausfinden, welche Zeit es sein könnte, welcher Tag und was er Besonderes für diesen vorgehabt hatte. Finster ahnte er, dass es etwas Wichtiges gewesen sein müsse.

Aber sobald er den Kopf heben wollte, wurde dieser zu einer Kugel.

Es war noch still auf der Straße. Es musste also noch früh sein.

Im Zimmer war es totenstill. Nur etwas hämmerte und pochte.

War denn sein Bett noch vorhanden? Hatte er es nicht verkauft oder verbrannt? Oder beides?

Er wälzte sich auf die Seite, dem Pochen zu.

Er lag nun neben der Wiege.

Das Ticken kam von dort ...

*

Alleinstehende Damen glauben leicht, etwas Unheimliches zu vernehmen. Aber wenn spät nachmittags merkwürdiges Geräusch, ähnlich wie Männergeschnarch, dringt aus einem Zimmer, das unbewohnt sein musste, weil sein Bewohner es schon in erster Morgenfrühe hatte verlassen müssen, um zu seiner eigenen Hochzeit zu fahren, so darf man das schon für etwas Schreckhaftes halten.

Herrn Blümels besorgte Wirtin ließ die Tür seines Zimmers gewaltsam öffnen.

Unter Beihilfe eines männlichen Beschützers, jenes Weinbergbesitzers, der immer noch im Studium von Fräulein Jolanthe begriffen, ohne zu einem Endresultat gekommen zu sein.

Man fand den Herrn Kanzleioffizial zwischen Schlaf und Wachsein, recht übel sich befindend.

Man nahm sich seiner fürsorglich an.

Besonders Fräulein Jolanthe. Sie bedauerte ihn so heftig, wie wenn feste Freundschaft hier waltete oder noch ernstere Bande. Sie erbot sich überaus eilig an, das Telegramm zu besorgen, das Herrn Blümels Fehlen bei seiner Hochzeit entschuldigen sollte.

Der Herr Weinbergbesitzer wagte auf dem Begleitweg zum Telegrafenamt endlich die Werbung ...

Herr Blümel hatte gerade noch die Kraft gehabt, das Telegramm aufzusetzen.

Er hatte die Hochzeit ein für alle Mal abgesagt. Der Einfachheit halber.

Er wusste nicht, ob er sich je wieder instand fühlen könnte, zu dauernder Lebensbindung zu schreiten.

Der Traum stand als Warnung zwischen Pflichtgefühl und Selbsterhaltungstrieb. Den die Schöpfung nun einmal als höchste Gabe verliehen hatte.

Kaum, dass Herr Blümel seine Absage unterwegs wusste, fiel er in festen Schlaf.

Er schlief, bis auf die kurzen Unterbrechungen zur Nahrungsaufnahme, beinahe drei Wochen.

Nach dieser Zeit glaubte er, mutig erwachen zu dürfen. Nachdem sich niemand aus Berlin gemeldet hatte, nicht einmal ein Schriftzeichen gekommen war. Außer der Rücksendung eines schmalen Goldreifs wortlos und umgebend.

Herr Blümel fühlte sich kräftiger werden von Tag zu Tag.

Alles geriet ihm nun ausnehmend glatt und erwünscht.

Er konnte in seinem gewohnten Zimmer bleiben. Wiege und anderer fremde Hausrat verschwanden wieder. Mit ihnen der Holzwurm, wie Herr Blümel annahm.

Sogar sein Bett kam zurück. Mit einem neuen Pfosten. Die Unkosten waren gering. Besonders für jemanden, der sich berechnen konnte, welche Ersparnisse er in diesen Tagen erreicht hatte.

Der Herr Kanzleioffizial vermochte die Dinge endlich wieder zu nehmen, wie sie der Wirklichkeit entsprachen.

Das spürte er deutlich, als er einen Briefumschlag erhielt, beschrieben von unbekannter Hand, der die Mitteilung brachte, dass sich Fräulein Konstanze Krause mit einem Herrn Udo von Silken verlobt habe.

Herr Blümel fühlte heftiges Bedauern darüber.

Weil dieses junge Mädchen noch immer nicht gescheit genug geworden, sich seiner Selbstständigkeit und seines Unabhängigkeitstums wahrhaft zu freuen und nicht allen Ernstes gewillt war, sich beide zu wahren. Dass sie sich nicht selbst zu sagen wusste, dass das Leben im überengen Zusammensein mit einem andern Menschen alles Geheimnisvolle verlieren müsse.

Herr Blümel überwand sich sogar, ein kurzes warnendes Schreiben in diesem Sinn aufzusetzen und abzusenden, wieder auf dem guten Büttenpapier, von dem gerade noch ein einzelner restlicher Bogen vorhanden.

Obwohl ihn diese Leistung tagelang in Anspruch nahm und wieder ein wenig aus der festgefügten Ordnung brachte, wenn auch nur vorübergehend.

Doch er hatte dieses Schreiben für eine Pflicht von Mitmensch zu Mitmensch erachtet. Hatte es für innere Notwendigkeit gehalten, wenigstens den Versuch zu machen, ein schönes kluges Wesen vor schwerer Torheit zu bewahren ...

Dieses Schreiben fand großen Beifall.

Bei Udo von Silken.

Udo hatte es einrahmen lassen wollen.

Aber dann war es plötzlich verschwunden gewesen. Wahrscheinlich hatte es der junge Hund aufgefuttert, den Udo als beinah einziges Ergebnis seiner Langfahrt mitgebracht hatte.

Udo war wenige Augenblicke nach dem Eintreffen von des kranken Herrn Kanzleioffizials höflicher Absage angelangt. Er traf Konstanze noch im Brautschmuck.

Konstanze glaubte, er würde lachen.

Aber sie sah in seinem Gesicht, das gebräunt und hart geworden wie das eines Seemanns, einen Ernst, den sie nicht kannte.

Udo sagte, dass er sich, um Konstanze aus der Verlegenheit zu helfen, sofort als Stellvertreter anbieten würde für den Herrn Kanzleioffizial.

Es wäre dies eigentlich schon seine Absicht vor seiner Abfahrt gewesen und der Zweck seiner ganzen Reise. Die nur Hoffnung auf Verdienst gewesen. Denn er könne doch nicht sich und sein Ahnentum seiner Frau als Habenichts aufladen?

Da hatte ihn Konstanze an die Weiber von Weinsberg erinnert. Die ihre geliebten Männer meilenweit auf den Rücken zu tragen verstanden hatten. Warum sollte auch nicht ein Weib von heute ihren Mann ein Stück Lebensweg zu tragen versuchen?

Und Udo hatte sich überzeugen lassen ...

*

So erhielt Herr Blümel trotz seiner ehrlich gemeinten Warnung noch eine Vermählungsanzeige.

Ihm konnte es schließlich gleich sein. Er wusste nun umso gefestigter, was er von den Frauen zu halten hatte.

Mochten sie alle miteinander heiraten, soviel es ihnen Spaß machte. Mochten sie alle durch Nachkommen ewig zu leben versuchen. Er gönnte ihnen die ganze Unsterblichkeit, wenn man ihn nur selbst erst mal dieses Leben in Ruhe und Behagen verbringen ließ.

Das zu ordnen und einzuteilen ihm täglich besser gelang. Das ihm täglich besser gefiel.

So wie es ihm von Jahr zu Jahr mehr bewusst geworden, dass es nur eine Stadt gab, nur ein Wien, in dem sich dies alles wirklich verlohnte.

Herr Blümel konservierte sich vorzüglich.

Er wurde allmählich selbst ein Stück Wien.

Jeder kannte den alten Herrn, der im Café viele Stunden lang alle Zeitungen beschlagnahmte bei einer Tasse Kaffee und fünf Glas Wasser.

Der im Winter in jedem Konzert anzutreffen war, das ermäßigte Preise angesetzt hatte.

Der im Sommer im Stadtpark, kopfwiegend, dem unsterblichen Walzer seines großen Landsmannes lauschte.

Oder der, ein nachdenkliches Lächeln um die schmalen Lippen, die Raupen beobachtete, die in einer andern Sommerwelt Schmetterlinge werden ...